Le Mal-épris

Bénédicte Soymier

Le Mal-épris

roman

CALMANN LEVY

Couverture
Maquette : olo. éditions
Illustration : © *Longing*, 2012 © Julia Moniewski

ISBN 978-2-7021-8077-8

À mes quatre filles.

Prologue

J'ai écrit ta vie, Paul, comme je la connais, ton quotidien sur ces jours qui s'échappent, ce que tu affrontes, les regards et le reste, jusqu'à la bascule. J'ai raconté ce que j'ai vu et entendu, de toi ou d'un autre, un Paul, un mec, un homme, peu importe le nom, je t'ai écouté, côtoyant ta peine et la douleur des tiens, des silences, des paroles, parfois un flot qu'on ne peut interrompre. Ce sont des histoires qu'on me donne ; elles se ressemblent ou non, se répondent, se poursuivent, je les reçois et c'est la vie, Paul, tu sais, sans concession, du vrai, du trash, des pensées méprisables et l'inacceptable.

Les faits auraient pu être différents, étayés de mes espoirs, parfois édulcorés, parfois dramatisés, j'aurais pu raconter ce que j'ignore puisque je suis l'auteure, accuser ton passé, tirer des larmes et te faire plaindre. Mais Paul, je sais ce que tu es.

Je ne brode pas, c'est ton récit.
Et rien ne t'excuse.

1

« La laideur est supérieure à la beauté
car elle dure plus longtemps. »
Serge Gainsbourg

Paul n'est pas beau.

Petit, maigre, le cheveu terne et rare, le nez long, il présente un physique ingrat que n'arrangent pas des tenues démodées, portées étriquées, du pantalon de velours côtelé, toujours beige ou gris, aux chemises de fin coton d'Égypte plaquées sur son torse. Le dos droit et les épaules tendues, il affiche une raideur malingre malgré des foulées allongées, l'allure cocasse, et des gestes si maniérés qu'il en est agaçant. Il est sec, c'est son aspect, sec et austère comme il aime le paraître ; ça le protège. Paul est souvent mal à l'aise. Ni hautain ni pédant, juste mal à l'aise.

Il sourit peu, gêné par des dents mal plantées, une incisive penchée vers l'autre et cette canine mal soignée lorsqu'il avait dix ans, dont l'émail maintenant jauni tire sur l'ocre, entre le brun et le cognac. Sourire illumine pourtant son regard, le plus beau du monde, d'un bleu limpide presque gris, parsemé de paillettes d'or, vif et brillant, dont il module l'effet selon l'inspiration. Il en joue, plisse ou déplisse l'œil en mesure, rodé et appliqué, il compose et parvient à séduire lorsque la chance s'invite. Alors il ramasse. Il cueille, récolte et se goinfre des miettes laissées par eux, les beaux, ceux qu'il déteste ; ces beaux qui obtiennent avant lui, sans effort ou mérite, parce que leurs corps sont longs et leurs traits harmonieux, parce qu'ils ont des fossettes et des mèches travaillées, du vent, du rien, de l'apparence sans véritable fond. C'est injuste et douloureux, chaque jour, chaque heure, cette laideur portée en fardeau, la peau, une silhouette, des pieds à la figure, incongrue, elle pique et modèle l'humeur et les certitudes. *Évidemment, Paul, la souffrance n'appartient qu'aux moches* ! Comment imaginer qu'il puisse en être autrement lorsque le quotidien résonne des rires et des insultes ? *T'as vu l'autre avec sa face de raie, cette sale gueule, va te cacher, va crever, avec ta tronche, y a qu'ça à faire, hé, le minable…* L'épreuve des cours d'école, de la rue, des transports – des coups ramassés dans l'ego jusqu'à croire en ces mots.

La blessure est profonde.

Paul encaisse.

Et se brise.

***

Paul travaille à la Poste. Il gère l'agence d'une commune de sept mille habitants, connaît sa tâche et l'exécute avec zèle. La répétition le rassure ; le bureau vers la grande vitrine, ses crayons à droite, les imprimés à gauche. Le bon employé s'applique, soucieux du client, apprécié de ses collègues et décrit comme serviable. Il s'efforce d'être aimable, du mieux qu'il peut, salue, discute, évoque la pluie et le beau temps puis ravale sa colère face aux regards qui le heurtent, ces airs condescendants et les chuchotements, *il est laid, mal habillé.* Il entend. Se tait. Les déteste. L'exaspération monte et des plaques apparaissent sur ses bras et ses cuisses, il frotte, se gratte, s'agite, la tension le submerge, les gens l'ennuient. Ils se plaignent. De la météo, des impôts, des salaires, du coût de la vie, du travail et des patrons. Des plaintes, encore et toujours. Ils râlent. La vie les écorche, disent-ils, mais lui, que la vie lui fait-elle ? Pour peu, il irait s'installer sur une île déserte, loin de ces cons et des vacheries de l'existence. Parfois même, il voudrait que tout s'arrête. Ne plus rien entendre. Ne plus rien voir. S'il avait du courage… mais ce n'est pas si facile. Alors il tient, s'adapte et reste. Il rentre chez lui, rue des Glycines, et se console dans le luxe d'un confort auquel il consacre son temps, un cocon, meublé avec soin, où il a préféré la qualité du bois massif aux kits bon marché, sans lésiner sur la dépense, et opté pour des matières nobles. Il est en vogue : du beau, du riche, du moderne.

Son appartement, un trois pièces au quatrième et dernier étage, se situe dans une petite résidence de standing entourée d'un parc et de nombreuses allées en gravier blanc. Les lieux sont calmes et, depuis dix ans, Paul s'y sent bien. Il connaît ses voisins, ne les côtoie pas, mais les apprécie. Tant que chacun reste chez soi, tout va bien.

En face vivent un jeune couple et leurs jumeaux âgés de quelques mois. Ils sont bruyants, le soir, quand se mêlent aux pleurs les jappements du teckel ; ça marche, ça court, ça crie, les portes claquent. Ils sont à cran, mais Paul sourit dans son refuge, heureux de percevoir la vie parce que, même s'il est un vieux garçon de quarante-cinq ans qui affectionne l'ordre et le silence, Paul aime le concept de la famille ; ce remue-ménage, les éclats et les sanglots, les rires aussi qui tintent à ses oreilles comme ceux d'Émilie ou de Rachel, ses sœurs, lorsqu'elles étaient petites, quand les parents les laissaient seuls, le père au bistrot, la mère « on ne sait où ». Quand il gérait leur quotidien, leur subsistance et l'essentiel, mouchait la morve et nettoyait les culs, lui, l'aîné de la fratrie – deux sœurs, un frère –, responsabilisé trop tôt. Il s'en souvient sans s'attarder, à quoi bon ? Le pathos, les plaintes et les reproches ne riment à rien, ne réparent pas et ne rendent pas. N'a plus de sens que son présent, les visites de ses « petits », comme il les appelle encore, même si les corps sont grands, chacun marqué de traces, par la crasse et la misère, et cette loyauté à la con, ce silence imposé, perfide et délétère, qu'ils n'ont jamais rompu. Ils se souviennent mais tous se taisent. Paul les reçoit, le soir ou le week-end, avec ou sans enfants, pour un repas ou un café, quelques heures partagées auxquelles il tient plus que tout.

***

Depuis quelques jours, le jeune couple s'agite.

Paul s'en inquiète. Ça n'augure rien de bon. Des cartons sortent de l'appartement, ficelés ou scotchés solidement, suivis d'un bric-à-brac entassé dans des caisses en plastique. Il n'ose demander mais sent qu'ils déménagent, probablement pour un logement plus spacieux, une maisonnette peut-être, à la campagne, la ville, ce n'est pas bon pour les enfants, avec toute cette pollution, il comprend. Il aurait fait de même. Très certainement.

***

Sur le balcon trône une large pancarte blanche sur laquelle les mots *À vendre* se détachent en rouge vif ; le couple est parti, leurs sacs et leurs cartons chargés dans un camion, les enfants sous le bras, laissant l'espace à l'incertitude – une angoisse pour Paul. Il guette par le judas les visiteurs, de potentiels acheteurs, leurs regards hésitants, leurs pas indécis, et imagine leur histoire : un divorce, une mutation, la vieillesse ou un deuil, des scénarios qu'il compose, attribuant à chacun une note, comme si son avis avait une quelconque importance. Un couple d'une cinquantaine d'années a d'ailleurs retenu son attention et l'emporte haut la main. La femme semble discrète et le mari… discret. Parfait !

Il espère.

Peut-être liera-t-il connaissance, ces gens ont l'air charmant, et sa sœur Émilie répète à l'envi qu'une vie se nourrit de rencontres – *Facile, tu sors de ta caverne* ; comme si c'était suffisant, comme s'il pouvait soudainement devenir jovial et engageant.

Ne plus se méfier.

Peut-être essayera-t-il.

Mais ce n'est pas le couple qui emménage, c'est une femme seule, jeune, blonde au visage délicat et au sourire faible. Ses yeux sont rouges et gonflés. Paul s'imagine qu'elle est malheureuse, son amant l'aura quittée ou peut-être est-ce elle, lassée de le savoir marié. Il raconte et regarde. Ses traits tirés, sa fatigue, ses gestes lents presque résignés, elle s'installe et lui se délecte.

Les beaux ont aussi leurs déboires.

Il entend.

Chaque soir, elle pleure derrière leur mur mitoyen, au milieu des cartons qu'elle ne se décide pas à ouvrir, encore en transit, comme si elle pouvait remballer et partir ; une erreur à réparer, on rembobine, on rentre. Elle s'effondre dans le silence de cet appartement qu'elle n'a pas vraiment choisi, juste une bonne affaire dans un quartier calme proche de ses activités, loin de celui qu'elle évite, le moral en berne. Elle pleure sur sa vie, sur son chagrin, sur le fiasco ; elle tente de rebondir et mollit en quelques secondes. Elle aimait ce type.

Paul écoute, l'oreille collée à la cloison.

Des larmes de crocodile.

Elle est trop belle.

Il écoute et s'agace. Ces beaux n'affrontent rien ; insouciants et gâtés, ils pleurent sur leur injuste facilité à appréhender l'existence, pauvres nantis, suffisants et orgueilleux, des fourbes et des menteurs. Ça lui fait mal au bide, ces jérémiades, quand lui revient en tête ce à quoi il fait face. Lui doit se battre. Prouver qu'il a de la valeur, qu'il est sensible et humain derrière les apparences.

Lui.

Qu'il les déteste !

Cette nouvelle voisine pourtant l'interpelle. Bien que jolie, elle semble différente, ni arrogante ni insensible, presque touchante. Il en viendrait à la plaindre quand, le soir, les portes se tirent et les volets se ferment sur leurs solitudes. Il s'attendrit, même s'il peste ou qu'il se moque, bousculant ses certitudes, il s'énerve, cette fille l'intrigue. Mylène, elle se nomme, il a regardé sur la petite étiquette collée sous sa sonnette. Il fallait qu'il sache. Elle lui plaît, Mylène. Beaucoup. Elle est si raffinée et délicate, le geste posé, la grâce innée, belle, si belle. Ses mains sont fines – il les regarde lorsqu'elle insère la clé dans la serrure, l'exquis réseau de ses veines, sa peau qui rosit, la tension de ses doigts crispés sur le verrou ; ils sont magnifiques. Et ses cheveux, si blonds, si longs, si lisses et soyeux. Et ses jambes élancées, légèrement irisées par le lait hydratant dont elle doit s'enduire. Parfumées sans doute. À la vanille ou à la rose. Il imagine, inspire, expire. Devine. Peut-être du jasmin. Il rêve, l'œil au judas, la main enroulée sur son sexe.

Chaque soir, chaque jour.

Il l'attend. Et se sermonne, ce n'est pas son genre d'être là, derrière une porte, à observer une femme, si belle soit-elle, en imaginant son odeur et sa peau, pas son genre de rêver à rencontrer l'amour dans un monde qui n'est pas le sien, il se sent con et honteux d'être con. Ça le retourne, cette envie d'un regard, qu'elle le voie, lui, le beau caché sous un mauvais costume, un clown pathétique qui voudrait bien sourire. Avec un peu de chance. Ou de patience. Il rêve. Espère. Et puis se ratatine, il sait bien que l'on rentre dans des cases, la communauté nous y colle : la catégorie sociale, la catégorie professionnelle, la catégorie physique, les maigres, les gros, les moches, les Kevin et les Brenda ; lui est coincé. Il en pleurerait.

Mylène est trop belle. Sensible et attachante. Il perd pied et ne peut résister. Il faut qu'il la voie et qu'il sache ce qu'elle fait, il note chaque événement de son emploi du temps. Elle quitte son appartement à huit heures, à l'exception du mercredi et du week-end, et se rend sur le petit parking de la propriété où elle gare sa Twingo rouge. Elle part pour l'école primaire d'un village proche, à sept kilomètres, où elle enseigne à des élèves de CE2 depuis trois ans. Elle rentre à dix-sept heures précises, ouvre sa boîte aux lettres, d'où elle extirpe le courrier, monte les deux étages à pied, elle ne prend jamais l'ascenseur, puis s'enferme dans son appartement jusqu'au lendemain. Le mercredi, elle va faire ses courses à la supérette du coin, le matin. L'après-midi, elle se rend aux écuries Saint-Louis, où elle monte à cheval. Tous les week-ends, elle part. Elle ferme ses volets et quitte la résidence, pour une destination qu'il ignore, jusqu'au dimanche soir. Elle revient toujours vers vingt heures.

Paul s'est acheté un petit carnet bleu sur lequel il consigne ses départs, ses retours, ses rencontres, les mots qu'elle échange avec la voisine du dessus ou le locataire du dessous, ses tenues, ses coiffures. Il écrit ce qu'il aime et ce qu'il déteste, comme ses chaussures noires fermées par une boucle aux talons bien trop hauts pour une femme respectable. Il note, découpe, dessine et décore, et prend quelques photos avec son portable quand la lumière le lui permet et que l'angle le cache. Il les colle avec une colle de grande qualité pour ne pas qu'elle tache et transperce le papier. Il hait les marques jaunes que peuvent laisser les bavures d'un travail bâclé. Lui, il faut que ce soit léché, sans fautes ou ratures, tracé à la règle et séché à son souffle. Une œuvre d'art. D'ailleurs il n'a pas lésiné pour l'achat du carnet. Il l'a choisi dans une grande papeterie, un truc ultra-doux, à la reliure dorée et au grain épais, du 100g, le minimum pour un rendu soigné, presque professionnel, blanc de blanc. Son stylo est un Montblanc, l'encre est noire. Une folie qu'il s'est offerte exprès.

Paul aimerait lui parler.

Il réfléchit.

Il la connaît par cœur, colle et consigne, l'observe et la piste, s'arrange pour croiser son chemin, au supermarché, aux réunions de copropriétaires, sur le parking, en ville. Il lui sourit, l'approche, la regarde, mais ne dit rien, conscient de l'insistance de sa présence. Il ne se reconnaît plus, mesure l'incongruité de ses actes, se chapitre *in petto* et recommence inlassablement.

Il est obsédé.

Obsédé par Mylène.

Il a oublié le parfum de l'amour, les frissons et l'envie, il ne sait plus, ni dans son corps, ni dans sa tête, ça lui échappe, mais il devine – la boule serrée sous son sternum, gonflée ou dégonflée au rythme des rencontres, la moiteur de ses paumes, les doigts gourds, frottés sur ses cuisses, et son cœur qui palpite, pressions, rétractions, le pouls heurté, au cou et aux poignets, qui file sous les tissus et pulse jusqu'aux oreilles.

Paul a la trouille.

Mais c'est plus fort que tout, n'est-ce pas, Paul ?

Chaque soir, il se hâte pour un instant précis, dans le grand hall de la résidence, il s'arrange et ne le manque jamais, cet instant commun où elle et lui ouvrent leurs boîtes aux lettres en même temps, proches de quelques centimètres, les peaux côte à côte. Il contemple ses mains et hume ses cheveux, envahi d'elle jusqu'aux synapses, assiégé et vaincu, il inspire pour se remplir et se gave jusqu'à l'excès. Il l'aime, sans aucun doute, même si vite, abreuvé à son odeur, et dépassé, il se sait fou et imagine les mots qu'il pourrait prononcer, l'échange qu'il envisage, mais la voilà qui part ; elle rentre chez elle et lui reste penaud.

Il FAUT qu'il lui parle.

***

Mylène a changé. Ses yeux ne sont plus rouges et son teint, si pâle aux premiers jours, a joliment rosi. Elle ne pleure plus, à quoi bon, elle et lui, c'est fini, elle a tourné la page. Elle sort et rencontre ses amies, hésitante puis enhardie, elle rit et elle oublie, les disputes, les rancœurs et cette faute qui n'était à personne. L'amour s'est tiré. Point. Envolé. Disloqué. Elle accepte.

Paul remarque qu'elle sourit davantage, aux voisins, aux enfants, elle bavarde et musarde au soleil, ses robes sont courtes et colorées, ses cheveux détachés. Dans son appartement, il l'entend chanter à tue-tête et rire aux éclats, croit la savoir danser et la devine, libre et sensuelle. Guérie.

Il ne pense qu'à elle et voudrait l'aborder. L'écouter ne parler qu'à lui seul. Il veut accrocher son regard et gagner un sourire, peut-être la retenir, juste une minute. Il espère un hasard, mais les jours s'accumulent, puis les semaines ; le carnet se remplit. Le destin le boude, il désespère mais soigne sa mise au cas où. Il a même fait quelques courses, un nouveau pantalon qu'une vendeuse lui a recommandé et un tee-shirt floqué d'une marque. Il lui semble être un autre, plus moderne, plus actuel. Il devrait plaire.

***

Les soirs se ressemblent ; pourtant ce soir-là, plus humide que la veille, plus sombre et plus maussade, le hasard s'accorde aux envies. C'est vif et immédiat – un espace à saisir. *Vite, Paul, ne pas rater l'aubaine.* Mylène laisse, devant sa porte, échapper son courrier. Il y voit un signe et se précipite, exalté, les mains tendues et le geste un peu brusque, son corps déjà plié vers le sol. Il la frôle. Les évènements s'enchaînent en un millième de seconde, sans un mot ; il était prêt. Il respire son parfum, proche, presque à la toucher, et la contemple les yeux ronds, encore surpris par sa chance.

L'extase. Le Graal.

Il plane.

Ridicule. Grotesque. Risible.

Ahuri et surtout maniéré, Paul lui restitue les lettres une à une et plaisante sur son métier de postier. S'il savait comme elle éprouve de la pitié, comme elle retient son rire. S'il savait comme elle le trouve pathétique avec son jean trop large et son blouson étriqué, qu'il tire pour couvrir le bas de ses reins. Il sue et doit coller, mais elle sourit, un peu par gentillesse, un peu par compassion. Elle a bien vu qu'il l'observait depuis son balcon ou sur le parking, pauvre mec, rigide et désespérément laid – un beauf qui cache sa calvitie par une raie basse et un rabat de cheveux. Elle sait qu'il la suit et prend des photos. Les premiers jours, elle s'en est inquiétée, mais les échanges avec la voisine du troisième l'ont convaincue : il n'est qu'un type seul et inoffensif.

Alors, elle grimace bêtement pour ne pas le blesser. Elle retient son soupir parce qu'il a l'air gentil et attend qu'il s'éclipse.

Lui reste.

La voix de Mylène le pénètre, chaleureuse et douce – un remerciement léger suivi d'un silence. Impossible de partir. Pas maintenant. Pas tout de suite. Son esprit bafouille. Que lui dire ? Comment la retenir ? Il se sent bête à se balancer d'un pied sur l'autre en chiffonnant son propre courrier. Les mots coincent. Il est trop con. S'énerve. Elle le regarde, un peu contrite, l'air bienveillant – cet air qu'ils ont tous, cet air qu'il déteste. Il n'est pas si benêt, il doit se ressaisir. Se redresse et, par quelques mots vagues, évoque la pluie de la journée.

C'est affligeant, mais elle acquiesce et sourit à nouveau. Paul se sent encouragé.

— Nous sommes voisins depuis trois mois, permettez-moi de vous offrir un verre de vin… ou autre chose… J'habite en face… enfin, vous le savez… si vous le voulez bien…

L'audace de l'homme la stupéfie. Mylène est prise de court, elle hésite puis accepte – un petit *oui* timide dont elle ne revient pas. Elle ne sait pas dire non, quelle tarte ! Trop discrète, toujours accommodante, elle se laisse faire, pour ne pas fâcher ou ne pas vexer, elle consent et s'adapte, même avec ce gars dont elle ne connaît pas le nom, un voisin moche et collant qu'elle préférerait éviter. Elle a accepté et peste de se voir si sotte quand elle voudrait prétendre à plus de détermination. L'épisode la contrarie. Elle partagera le verre, discutera par politesse puis se carapatera rapidement.

Résignée, elle le suit, sourire plaqué sur les lèvres, aussi raide et potiche qu'une miss France en gala. Il lui trouve belle allure et se sent gauche. Ses mains sont moites, il est fébrile et ses pas sont chancelants – toujours ce corps traître, sans charme ni élégance, toujours cette carcasse qu'il traîne comme un boulet – *regarde-moi, Mylène, regarde-moi au-delà de mon apparence*. Si elle pouvait l'entendre. Mais il se tait. Comme chaque fois. Il glisse la clé dans la serrure et l'invite à entrer.

Elle est surprise par l'harmonie des lieux, les nuances chaudes de la décoration qui allient le brun du bois aux camaïeux beiges des toiles de riz fixées aux murs, les bibelots fins, l'agencement des meubles, les épais tapis de laine sèche. Elle avait imaginé du plastique et du mélaminé, des napperons au crochet et des puzzles mille pièces encadrés, des horreurs et du mauvais goût, un décor à son image, rêche et vilain. Elle rougit de son a priori, elle qui se pensait tolérante et ouverte. Elle cherche à s'amender, le complimente sur ce sublime intérieur, caresse les surfaces et s'extasie avec emphase, puis prend place dans le magnifique canapé en veau chocolat.

Paul n'en revient pas qu'elle soit chez lui, ses reins, ses fesses posées sur le cuir fin. Il s'affaire. S'affole. Une bonne bouteille. Trouver une bonne bouteille. Il cherche, déplace, déniche enfin un corton-charlemagne de 2011 – un grand cru qu'il réservait pour une belle occasion.

N'est-ce pas une belle occasion ?

Il sert le vin, dispose quelques amuse-gueule dans un ramequin de terre cuite et s'assoit face à elle. Elle a croisé les jambes. Il se grise de son genou posé sur sa cuisse, ses mains abandonnées, ses lèvres qui s'entrouvrent et se ferment, ses cheveux, son cou, sa poitrine. Il descend puis remonte. Sa cuisse, son genou et sa taille, sa bouche à nouveau. Elle bouge. Soupire. Sans qu'il comprenne que ce regard la heurte – un regard, comme tant d'autres, qui convoite et insulte. *Regarde-moi dans les yeux, au-delà de mes courbes et de ma chair, regarde-moi derrière ce que tu vois.* Les hommes l'éreintent, sauf peut-être Antoine, mais elle et lui, c'est fini. Elle se sent triste et pense à partir, mais se retient puisque Paul se détourne. Elle va boire.

Paul lui demande si elle se plaît dans la résidence, si elle aime son métier, lui offre un second verre, l'interroge sur Orléans dont elle dit être originaire, sur sa famille qui habite le centre de la France, lui sert un troisième verre, réapprovisionne le bol de cacahuètes, la questionne sur ses goûts culinaires et lui propose un plat de spaghettis « carbonara » sur le pouce.

Elle accepte. Il jubile, ravi et léger, soudainement détendu ; il se fait désinvolte et l'invite dans la cuisine où les verres se remplissent et les rires se répandent. Il raconte la Poste, les collègues et les clients capricieux, les demandes insolites et les idioties, elle rit. Elle rit et lui est heureux. Il a tant rêvé cet instant, des nuits entières, conscient de la vanité de son espoir, et voici qu'ils discutent, assis dans sa cuisine comme des amis de longue date.

Elle reste tard. Accepte un dernier verre. Lâche prise.

Elle est morose. Et parle.

Elle s'est séparée de son compagnon six mois auparavant. Les routes divergent, les intérêts s'éloignent sans que l'on en prenne immédiatement la mesure, insidieusement, jusqu'à la rupture, évidente dans l'incertitude. On se raccroche à l'espoir, cet effort qui fracasse, mais on se heurte, les mots vifs et le silence amer. On casse plus qu'on ne préserve, le reproche virulent, chaque jour davantage, à ne plus tolérer un regard ni entendre une excuse. C'est moche et aigre, ça balaie les souvenirs, même ceux qu'on chérissait. Elle a beaucoup pleuré mais a compris, c'est inutile de chercher à ranimer ce qui n'existe plus. Alors, ils ont vendu l'appartement et compté les cuillères. Lui a gardé le chat qu'elle avait adopté.

Mais pourquoi raconte-t-elle cela, c'est sans intérêt. Elle essuie une larme. Elle aimait bien ce chat. Il faudra qu'elle songe à en prendre un. Un gros félin tigré plein de poils longs et soyeux à caler contre soi et caresser des heures. À moins qu'elle ne choisisse un chien, un de ces toutous à mamie qu'elle pourra cajoler. Elle hésite, pourtant à trente ans elle estime qu'il ne sert à rien de douter. D'ailleurs, elle ne veut plus.

Paul l'écoute et se tait. Peut-être dit-il juste qu'il aime les chats, lui aussi, et qu'il est heureux qu'elle se soit installée ici, dans sa résidence. Il n'évoque rien de son histoire et des chagrins d'amour dont il sait qu'on ne guérit jamais vraiment. Lui est resté sur le carreau.

L'amour s'appelait Léa.

D'une année plus âgée, elle était l'amie de sa sœur, le verbe haut, impertinente et railleuse, le corps sec vêtu de froufrous que ses pas agitaient, souvent, puisqu'elle ne cessait de bouger, plus nerveuse qu'impatiente. Elle l'avait séduit vite, d'un simple regard, aidée à cet âge des bourgeons de son torse, et même si elle se moquait de lui, de sa taille ou de son air benêt, il était pris, envoûté jusqu'à l'os, à la merci de jeux dont il ne maîtrisait pas les règles. Elle l'avait déniaisé, éduqué, transformé. Elle l'avait entraîné dans le tourbillon d'une vie dont il n'avait pas soupçonné l'existence, se laissant avaler tout entier, sans méfiance, nourri par l'intensité des premières fois, les hormones bouillonnantes, le cœur plein, rassuré d'exister au moins quelques instants, là, dans sa bouche, dans ses cuisses, au creux de ses bras, caressé et aimé. Il croyait aux promesses d'un avenir à deux, imaginant un foyer où il serait sauf. Quel idiot ! Il n'a pas écouté les rires perchés, ni vu les mains qui le chassaient, les réponses évasives, les regards fuyants. Il rêvait et elle s'est envolée. Hop ! Partie, Léa, du jour au lendemain, dans les gros bras musclés du garagiste en bas de la rue, petite frappe notoire, collectionneur de grosses cylindrées et de jolies midinettes.

Paul a pleuré.

Des mois.

Des mois et des mois. Le cœur fracassé et l'envie d'en finir. Il n'a pas compris la rupture, les mensonges, le sexe sans amour et le besoin d'un autre. Il a pleuré sa misère et oublié ses rêves, a redressé l'échine, même pour de faux – de l'apparence, de l'apparat –, et a gonflé sa rage. Il a fermé son cœur et aimé sans amour, des rondes et des maigres, des femmes pas très jolies auxquelles il a menti. Il leur a pris leur corps, néanmoins appliqué, cherchant dans l'étreinte celle qu'il ne trouverait plus, trahi et amer de n'être plus qu'un homme dénué d'affect.

De ça, il n'est pas fier, et si depuis il entretient l'hygiène d'un coup de temps en temps rencontré sur un site, plus jamais il ne ment ni ne promet ce qu'il ne tiendrait pas. Il pense se préserver.

Les femmes sont cruelles, n'est-ce pas, Paul ?

***

Mylène enraye la mécanique.

Elle occupe son esprit, ses jours, ses nuits, à chaque coin de rue, à son travail, il la voit dans la tasse de son café, dans les reflets de son miroir. Elle l'épuise et le mine par l'attente qu'elle suscite, son regard, un sourire, ces instants qu'il espère auprès des boîtes aux lettres. Il se sait ridicule, s'en agace, mais se présente chaque soir, à l'heure des fins d'après-midi, et l'invite pour ce verre devenu habitude. Aucun ne sait pourquoi, le rituel s'est imposé. Elle monte avec lui l'escalier, ôte ses chaussures, son manteau et s'affale sur le canapé creusé de son empreinte laissée la veille. Ils boivent, mangent et discutent. Rient aussi. Elle dit se sentir seule, même avec ses amies, c'est pas comme avec lui ; avec lui, elle se sent bien, écoutée, elle se sent bichonnée, se pose enfin, c'est sympathique, sain et sans ambiguïté.

Ce n'est pas que ça l'emballe, Paul, l'idée de « soirées sympathiques », ça le blesse et l'emmerde même. Il a évidemment conscience de ne pas ressembler à Brad Pitt, mais franchement comment peut-elle imaginer qu'il reste de marbre ? Il fait bonne figure et se raisonne, être son ami est sans doute une étape.

Il ne se décourage pas. Est heureux. Il a rangé son carnet.

En quelques semaines, elle impose le tutoiement, déplace la fleur en pot d'une étagère, la remplace par une autre, plus à son goût, acquise au marché. Elle ajoute des coussins en patchwork sur le canapé et pose quelques galets dans les récipients d'étain du meuble de l'entrée. Il se laisse envahir, envisageant l'idée qu'elle est un peu chez elle. Sa présence se marque d'un chandail oublié, de son parfum sur la laine, des rires qui résonnent. Ils partagent leur journée, les anecdotes, les blessures, s'amusent de bons mots. Elle le bouscule un peu.

Elle se sent bien.

Le week-end, elle ne quitte plus la résidence pour se rendre chez sa sœur. Ils se promènent le long du canal, bavardent sur le monde ou regardent un film. Parfois, c'est elle qui l'invite dans le désordre de ses cartons toujours fermés.

Paul ne sait que penser.

Elle semble en transit, toujours pressée de vivre, rire et partir, elle virevolte et s'éreinte, l'entraîne dans sa course, ne se posant qu'un instant avant de fuir sans jamais se livrer. Il redoute qu'elle s'envole, ses paquets sous le bras, ses rideaux et bibelots toujours emballés. Elle reste une énigme dont il voudrait percer les mystères, ces pleurs qu'il perçoit parfois derrière les cloisons, les cernes qu'elle camoufle, les rires trop vifs. Il crève de ne pas la saisir.

Mylène ressent un changement et s'inquiète. Il est l'ami qui la dévore des yeux, dont la main s'attarde sur son épaule ou sa taille, qui s'approche et se colle à elle.

L'envie taraude Paul. Frôler ses cheveux. Effleurer sa peau. Butiner son cou. Baiser ses lèvres. S'y fondre. Il fixe cette marque délicate au coin de sa bouche – une petite ride d'expression qui se creuse dans ses rires et se meurt dans ses mots, rêve d'en suivre le contour. L'embrasser. Mais il se retient, lui si près, presque à la toucher, au bord de l'élan. Elle a dû en voir, des blaireaux, de beaux mâles qui se croient tout permis, les mains baladeuses, la plaisanterie douteuse. Il n'est pas de ceux-là, lui, il se veut plus subtil. Il l'entoure, la rassure et pense la retenir.

S'use. Se frustre. Meurt.

***

Les soirées se suivent, semblables, chacun dans son fauteuil ou côte à côte sur le grand canapé : un verre, des gâteaux et un repas pris sans chichis. Il cuisine, elle apporte des plats achetés, chinois ou végétariens ; ils partagent.

De bons amis. Des potes. Des échanges informels pour deux âmes seules, en attendant. En attendant : mieux. Autre chose. L'amour. Mylène aimerait espacer leurs rencontres. Elle l'envisage, va le lui dire, il ne faudrait pas qu'il se fasse des idées. Quand même. On ne sait jamais. Elle va botter en touche, prétexter une migraine ou un rendez-vous, mais elle renonce lorsqu'elle le voit l'attendre, souriant et plein d'espoir, pétri de cette gentillesse dont elle se repaît. Elle est ambiguë, le sait, se sermonne puis recommence, chaque soir, comblée par cette attention. L'ego se regonfle. Alors, elle compose avec des gestes calculés, un peu mais pas trop, juste assez pour nourrir le désir sans le satisfaire. Elle minaude et panse ses propres blessures.

***

Lorsque Mylène rentre ce soir-là, à dix-sept heures, Paul ne l'attend pas auprès des boîtes aux lettres. Il est chez lui et reçoit Émilie, sa sœur, venue à l'improviste, le cœur malmené par une nouvelle rupture. Elle cumule, Émilie. Les foireux, les alcooleux, les violenteux, les peureux, les péteux. Elle les ramasse à la pelle, s'imagine les amender puis s'émiette dans l'échec. Paul écoute, colmate et rafistole jusqu'à la fois prochaine, inquiet de ces échecs, trop nombreux, trop semblables – des répétitions d'histoires avec des abrutis comme il les déteste, des moitiés de mecs, des cons qui négligent ou maltraitent les femmes comme sa sœur, gentilles au grand cœur. Ça lui hérisse le poil, tous ces chagrins, lui dont les amours ne sont pas plus reluisantes. À croire que tous les coups merdiques sont pour leur pomme. Ils les collectionnent, elle et lui, les histoires à deux balles, l'absence de sentiments, les excuses et les départs, ils les empilent et s'en font une carapace, lui surtout, parce que, elle, ce n'est pas encore gagné.

Il sort les mouchoirs de leur boîte et les tend par poignées, il aimerait qu'elle s'arrête, de parler, de pleurer, qu'elle se décide enfin à virer tous ces pauvres types. Il se sent si peu légitime, c'est presque cocasse de l'entendre donner des conseils avec emphase et conviction, fort d'une expérience qu'il ne possède pas. Il donne le change autour d'un verre de chardonnay, la main dans la sienne, l'air contrit, essuyant des torrents de larmes et la morve du nez.

On pourrait rire de les voir ainsi mais c'est toute leur histoire qui s'écrit.

En bas de l'escalier, Mylène s'étonne de ne pas voir Paul.

Elle attend. S'irrite de son retard. S'inquiète.

Il aurait pu la prévenir, laisser un mot, envoyer un message.

Elle se passe la main dans les cheveux et souffle, agacée, seule dans ce grand hall, soudain abandonnée. C'est comme chaque fois, comme avec Antoine, quand il partait quelques jours, sans portable, sans réseau, avec ses potes ou peut-être une maîtresse, et qu'elle restait là, comme une conne, à ne plus savoir quoi faire, ni soumise ni dépendante, mais conne quand même, juste à attendre. Elle souffle et songerait presque à pleurer, mais ne veut plus, ces mecs sont des connards, des moins que rien, des menteurs, des bouffons. Elle, elle va s'émanciper. Profiter et broyer. Mais la colère, elle le sait, c'est n'importe quoi.

À l'étage, sous la porte, la lumière filtre accompagnée de voix lointaines, à peine étouffées, des sanglots semble-t-il, ou des raclements de gorge, une voix de femme et celle de Paul. Le salaud ! Il est chez lui. Porte close avec une autre. Mylène frappe. Paul s'excuse. Il n'est pas disponible. Pas ce soir. Pas maintenant. Demain. « S'il te plaît. »

Mylène se tortille et regarde à l'intérieur, tentant de voir cette autre, dans le canapé ou la cuisine, assise à SA place, cette voix sans visage, peut-être plus belle, plus sympa, cette autre qui accapare Paul.

Il a une visite ? Une femme ? C'était prévu ?

— Demain… On se verra demain…

La porte se referme.

On hallucine ! Cet homme n'est pas un apollon, et pourtant, petit, pratiquement chauve, fagoté étriqué, le geste raide et l'air revêche, il attire. Mylène s'irrite de se voir congédiée, piquée par la rivalité de cette femme dont elle ignore le nom, comme si elle pouvait envisager l'idée d'une relation avec Paul, lui tellement quelconque.

Et si gentil, aimable, souriant, prévenant...

Elle claque sa porte.

***

Il faut afficher un air de rien, un petit air qui va nourrir le doute et titiller l'ego – une indifférence feinte, ajustée à l'instant. Paul mesure l'aubaine lorsque Mylène l'aborde le lendemain.

« C'était qui, hier soir ?... Oh, tu restes encore secret ! »

« Tu as déjà été amoureux ? »

« Tu préfères les blondes ou les brunes ?... Ah, peu importe ! »

« Tu aimes les femmes aux cheveux longs ?... Aux cheveux courts aussi ! »

« Et mes cheveux à moi, comment les trouves-tu ? »

« Tu craques pour les taches de rousseur ?... Oui, comme les miennes ! »

« Comment trouves-tu mon nouveau parfum ?… Tu aimes ? »

« Au jasmin ou à la rose, le lait pour le corps ? »

« Comment s'appelle-t-elle ?… Oui, ton amoureuse ! »

« C'est ton amoureuse qui est venue l'autre soir ?… Tu ne veux toujours pas me le dire ! Mais pourquoi ? »

Paul module l'effet de ses yeux bleus, légèrement de trois quarts, tel un héros de série Z, la pose étudiée, emplie de mystère – *grotesque, mais efficace*. Il rirait de lui-même à se voir ainsi, se retient d'ailleurs, prêt à tout pour amoindrir les tensions de sa frustration. Il a mal au cœur, aux bourses et au crâne, ce n'est pas romantique, mais là, en l'état, le romantisme devient une lointaine abstraction. C'est une histoire d'envie, de chaleur et de fluides, une idée qui court-circuite les sentiments.

***

Ce jeudi soir est fatigué, l'instant intime, le calme apparent. Assis sur le canapé, proches, les coudes s'effleurant furtivement avant de s'éloigner puis de revenir, Paul et Mylène échangent quelques banalités, tel un soir ordinaire. Il a tamisé la lumière et posé un vinyle sur la platine. Mollement, elle boude, un peu, de n'avoir obtenu ses réponses, et sourit faiblement, soulignant le pli délicat du coin de sa bouche. Aimanté, Paul ne voit que lui. Ce sillon le retourne, plus que l'avant-veille ou même qu'hier, il cogne son cœur et serre son ventre, il heurte à l'intérieur. La douleur est vive et le submerge. Il est un homme à l'élan palpitant, un vrai et pas un mec de pacotille, ni invisible ni à jeter ou délaisser ; son corps se tend, son sang bouillonne. Il n'en peut plus. Sa main s'échappe. Cible verrouillée. Geste intrépide. Il la touche. Enfin. Ses doigts tracent le sillon ; Paul inspire et se contient. Il bride son impatience se voulant délicat, dessine, à peine un effleurement, puis une caresse, sur sa joue et ses lèvres, son cou, ses lèvres de nouveau, chaudes et douces, légèrement entrouvertes. Il la regarde et s'approche. Il pense avoir cessé de vivre.

— Paul… Je ne sais pas si…

Le silence.

Des secondes figées sur l'idée d'un gâchis.

Il sait. Il sait qu'il meurt de ne pas l'embrasser, qu'il crève depuis des mois à jouer cette comédie, le bon ami, pauvre type, brave et fidèle, un toutou qui écoute et console, broyé par cette retenue avalée puis dégueulée dans sa solitude.

Il sait. Tant pis. Tant mieux. Peu importe. Il ne sait même plus. Sa bouche n'est plus la sienne, pas plus que ses bras qui l'étreignent, elle si belle qui plie et s'ajuste. Leurs genoux s'effleurent, leurs flancs s'arriment. Il ose. Elle accepte.

Jamais il n'oubliera cette nuit.

Sa peau d'albâtre douce et satinée, la sublime courbe de ses hanches, ses seins ronds, son sexe épilé, son goût, son odeur. La perfection. Tout était parfait. Il l'a dévorée, léchée, avalée, s'est nourri de son souffle, qu'il a cru sincère, heureux et impatient. Il l'a prise, l'a volée, consentante à demi. Demi-mot, demi-soupir, demi-jouissance. Il a contenu son plaisir pour le sien, si timide, un petit bien-être à peine perceptible, un soupir ou un gémissement, ses yeux clos, sa bouche entrouverte. Il l'a possédée un instant, profondément et intensément, a joui fort. Comme jamais.

Jamais il n'oubliera cette nuit.

Elle a remonté le drap sur son corps.

Le silence.

La gêne.

Il voulait l'étreindre, la tenir contre lui comme un amoureux, la tête sur son épaule, les mains dans ses cheveux. Il voulait parler mais ne savait quoi dire. Se taire, c'était mieux. Inconfortable, mais mieux. Ça évitait l'impair.

Jamais il n'oubliera cette nuit.

Il s'est fourvoyé.

***

Il l'entend se lever et feint de dormir. Elle s'échappe en silence, vêtements et chaussures à la main, regagne son appartement. Elle se douche et s'habille. Il écoute, la devine, entend ses sanglots.

Ses gestes sont lents, empêtrés dans la lourdeur de l'instant – l'amertume aux lèvres, le poids sur les viscères. Il n'est pas sot, notre Paul, il perçoit la bavure.

Lui aussi se douche et s'habille.

Devient un automate.

Il endure la journée. Bonjour du matin, bonjour du jour, les collègues, les clients, il supporte. Sur ses rétines, la nuit défile. Les heures ne comptent pas, le corps est autonome – manger, pisser, sourire, on recommence, les mains brassent, les pieds entraînent, droite, gauche, on bifurque, on évite et on repart. Rien n'a de sens. De goût. D'odeur.

Tout est dedans, en lui, même s'il secoue la tête – fermer les yeux, c'est pire –, ça l'envahit.

Il survit, comment, il l'ignore, peu importe, voici le soir, bonsoir, bonsoir, les portes de l'agence se referment, le volet coulisse et lui s'enfuit. Il se hâte – rue, parking, voiture, et il est déjà là, au point stratégique de l'immeuble, au pied de l'escalier, à droite de l'ascenseur, là où il avait l'habitude de l'attendre. Où il l'attend encore.

Dans son ventre, les spasmes pincent les viscères diffusant une douleur jusqu'à sa gorge qui se serre, inondée d'une bile amère et visqueuse qu'il faudra ravaler. Il se sait pathétique et se hait, mais reste planté là, comme un con, auprès des boîtes aux lettres. Il prend son courrier et déchire les enveloppes dont il ne lit pas le contenu, il s'en fout, chiffonne et regarde sa montre. Dix-sept heures trente. Déchiffonne. Rechiffonne. Merde.

Juste la voir. Lui parler. S'expliquer. Reprendre la vie où elle s'est arrêtée.

Il s'impatiente, prend peur, se réprimande. Elle va venir. Elle va forcément venir. Elle ne peut que venir. Elle DOIT venir.

Dix-huit heures.

Dix-huit heures trente.

Pâle et comme maintenue par un tuteur des fesses au cou, la tête fixe, Mylène s'avance enfin dans le hall. Elle est si belle ; son cœur, son âme. Sa déraison. Il lui sourit et se heurte à la pierre de son visage, lisse et solide, ose une bise qu'elle ne rend pas, tente un salut à peine audible. Ça s'étouffe alors dans sa gorge, les mots, le sourire et l'envie. Ne restent que la honte, les joues rouges et la sueur de son corps traître devenu soudain celui d'un animal en rut, une chair chaude et dégueulasse qui n'a pas su restreindre ses appétits quand elle aurait pu se satisfaire d'une belle amitié. Paul se ratatine comme un fruit sec, plissé, replié sur sa carcasse malingre, les mains agitées de tremblements, les jambes vacillantes. *Regarde, regarde Mylène, rien n'a changé.*

— J'ai mis du vin au frais et…

Elle se détourne. Pas ce soir. Elle est fatiguée. Elle a du travail et préfère rester seule. Il s'efface. Se rend. Il reviendra plus tard.

Paul n'est plus beau.

Il attend.

Demain, après-demain.

Elle l'évite.

Il attend.

Dépérit.

C'est profondément injuste, et incompréhensible, et révoltant, cette vie qui se poursuit dans le tourbillon des évitements. Bien sûr, Paul saisit la gêne, mais quand même, ce n'était qu'une partie de jambes en l'air entre adultes consentants, pas de quoi rompre une amitié. L'esquive le mine, là, chaque soir, près des boîtes aux lettres, à l'heure habituelle, lorsqu'elle le salue d'un geste désinvolte, les mots contenus. Pressée, toujours pressée. Il reste silencieux puis monte à son appartement dont il redoute les ombres : sa présence, son parfum, le chandail sur la chaise. Il entend ses rires, ferme les yeux et inspire, elle n'est plus là. Il range les galets, jette la fleur et les coussins en patchwork, garde le gilet imprégné de son odeur.

Lui, le laid, le chauve, le sec, a succombé au brasillement de la beauté. Pauvre imbécile. Il savait.

Dans son verre, il verse le vin préféré de Mylène et boit à son chagrin. Il n'attendra plus.

***

Mylène rythme son existence seule.

Paul n'est qu'un voisin qu'elle salue brièvement, lourd et balourd, un homme sans intérêt, tout juste un interlude qu'elle préfère oublier. Elle arrange son quotidien et relève son courrier le matin, s'absente de nouveau le week-end, ne le regarde plus, ne sourit pas, devient une ombre qui glisse d'un couloir à un autre ; vite sur le parking, vite dans l'escalier, elle s'échappe.

Dans son carnet bleu, il consigne le vide décoré des photos floues volées depuis son balcon. L'aigreur consume ses boyaux, jour et nuit, l'eczéma picore son visage, son cou, ses bras, sort en plaques et démange. Ça l'agace. Toujours ce corps ! Ce foutu corps, qui n'a pas grandi, qui s'est dégarni, fendu, marqué, qui desquame et rougit, s'empâte. Ce nez trop long, ce menton arrondi, ce crâne bosselé et ces yeux d'un bleu de mer sale. Il gratte. S'énerve.

Chez lui.

Au travail.

Qu'ont-ils tous à l'asticoter ?

Les clients sont des malotrus geignards qui l'exaspèrent, ses collègues, des insatisfaits. Lui ne vit plus, mais survit, le palpitant en charpie. Piétiné, l'amour-propre. Piétinée, sa gentillesse. Comme il enrage ! Mais qu'ils se taisent, tous ! Qu'ils la ferment !

Il vend des timbres, affranchit des enveloppes, remet des colis et tamponne. Il frappe le papier avec l'encre, plein de colère, comme il frapperait la table de son poing pour que tout cesse. Ces pensées dans sa tête, cette nuit qui revient en boucle, son parfum, sa peau, ses cheveux. Son sexe dans lequel il se glisse. Il frappe pour libérer le fiel qui le ronge peu à peu. Mylène. Sa chère Mylène.

***

Le chagrin s'étiole avec le temps, dit-on.

Ha, ha, ha ! Paul rit. Jaune, vert, aux couleurs de l'arc-en-ciel. C'est con, ces phrases toutes faites qu'on sert à toutes les sauces. Lui voudrait qu'on l'oublie, même s'il ne mange plus ou trop peu et inquiète Émilie, qui tente de le distraire. Il s'emporte. Qu'on lui foute la paix ! Ce ne sont pas deux mois qui vont effacer l'affaire. Sa tête s'accroche, son cœur aussi, comme à une idée fixe, de l'aube à la nuit ; une idée dont il entretient sciemment le mal pour ne pas oublier. Ne jamais recommencer. Éviter le beau. Le fuir. Le vomir. Il souffre. Mais souffrir, c'est être encore vivant et lui ne veut pas mourir.

***

Depuis sa fenêtre, le balcon ou par le judas, Paul regarde l'homme qui s'invite chez Mylène. Grand, brun, athlétique – beau, évidemment, il reste la nuit et parfois le week-end. Paul les entend glousser sur le palier – des sons dégueulasses étouffés dans leurs gorges qui piquent le creux des reins et dressent le dard, malgré la rage. Paul s'apaise contre la porte, enroulant des feuilles de papier absorbant dans ses mains crispées. Que c'est laid ! Il se hait, bouffé d'une jalousie que la jouissance n'étanche pas. Elle ne file pas, cette saloperie, collée à sa chair, insérée dans ses pores, jusqu'aux ramifications profondes. Des veines aux synapses, elle se propage, s'accroît et consume. Il crève à chaque nouvel assaut, voudrait ne plus voir, ne plus entendre, mais regarde à nouveau, leurs corps collés, leurs chuchotements infâmes et leurs rires coupables, recommence, encore et encore, l'ego rabougri comme une plante desséchée. Mylène sourit et ce n'est plus à lui.

Elle a jeté ses cartons. Paul les découvre un soir en rentrant de la poste, pliés sur le pas de la porte. Elle a accroché des rideaux aux fenêtres et fixé des jardinières au balcon. Le brun rôde. Paul l'entend qui perce et qui cloue au travers des cloisons. Les pieds des meubles raclent les parquets. On déplace, on agence, on s'installe.

La bile remonte à ses lèvres. La garce l'a remplacé si vite, sensible à une beauté qu'il n'a pas, malgré leur complicité, le vin et les soirées. Elle le repousse, elle, la coquille vide dénuée d'affects, la vile femelle qui l'a utilisé pour occuper son temps et séduit pour asseoir son charme. Il la déteste.

Essaie.

Elle ne lui parle plus, sinon quelques mots échangés sur le pas de leurs portes lorsqu'ils se croisent, *bonjour, bonsoir, le temps est si triste, la pluie va tomber*. Parfois elle l'ignore, parfois non. Parfois, il espère reprendre leurs habitudes, mais Mylène n'ose peut-être pas, retenue par l'autre, le brun. Ils pourraient être amis.

***

Cet après-midi, en rentrant de l'agence, Paul croit qu'elle l'attend.

Est-ce dû au soleil qui ravive les belles humeurs ou à la douceur de l'air ?

Mylène est dans le hall, attentive au contenu de son sac, elle semble fouiller ou fait semblant. Il est surpris et, lorsque chargé d'un épais sac rempli de ses courses il heurte sa silhouette, il bafouille des excuses, l'air idiot.

Il s'approche et ébauche un sourire timide qui s'étire peu à peu dans la joie profonde de cette entrevue, illuminant ses traits jusqu'à le rendre beau. Il tend la main – un geste bête, alors qu'elle amorce un recul. *Elle recule, Paul !* Il ne voit pas, cet imbécile, qu'elle le fuit. Elle voudrait rester polie, ne pas le blesser, mais sa main lui répugne, comme si le souvenir de sa peau, de son odeur, de son souffle dans l'effort des corps qui se possèdent la frappait d'un écœurement irrépressible. Paul réalise. Encaisse. S'agace. Explose. L'affront pourrait l'abattre, mais son sang bouillonne d'une rage soudaine. Son corps se propulse seul, d'un bond, sur ce bras qu'il saisit et contraint à plier. Il serre, Paul, fort, très fort. Il écrase leur histoire, ses mensonges, son indifférence, il broie sa peine et pénètre la chair tendre, marque et abîme. Il voudrait détendre ses doigts mais n'y parvient pas, trop crispé, poussé par ces mots qu'il espère et qu'elle ne prononce pas. Ça lui ronge les tripes et le cerveau, plus fort que sa volonté – une hargne qui l'habite, une violence qui déferle tel un vent d'orage, puissante et incontrôlable. Il voudrait lâcher mais ne pense qu'à frapper. Alors il lutte, serre le bras pour que son poing ne lui échappe pas et contient sa violence, ce mal qu'il n'a jamais ressenti, lui si doux, terrassé par lui-même, cette horreur qui l'envahit, celle de ces hommes faibles imbibés jusqu'à l'os qui cognent et brutalisent dans l'inégalité des forces et la lâcheté des menaces.

C'était son père. Pas lui.

Pas lui. Pas lui. Pas lui.

Mylène le supplie, tentant de desserrer l'emprise. Se tortille. Elle s'effraie de la bascule. De ce regard devenu fou.

— Paul… s'il te plaît… Paul…

Sa voix le heurte. Il déraille.

Pas lui. Ce n'est pas lui.

Les souvenirs se fracassent sur ses mains, la contraction de ses muscles, le mal, ce mal qui le traverse. Comment peut-il ? Pas lui. Ses doigts s'ouvrent dans l'instant, brûlés, brûlants, vite se dérober, ses bras retombent. Il s'affaisse, vrillé en lui-même, il glisse au sol contre le mur. Forme molle, sombre et pliée. Sa tête s'incline, ses yeux se ferment. Il est colère, il est chagrin. Il est épuisé.

— Je te déteste tant…

Mylène. Sa Mylène. Silencieuse.

Du bout des doigts, elle effleure son épaule.

C'est fini. Ses pas dans le couloir, la porte qui se referme.

Elle est partie.

Paul oublie l'heure ; nuit, jour, il s'en fout, il voudrait disparaître. Fuir. Ne plus la voir. Respirer. Il faut qu'il respire. C'est ça, de l'air. Beaucoup d'air. Il doit marcher, frapper le sol de ses pieds, éjecter sa rage dans le bitume qui blessera ses talons.

Il avance. Des heures, des siècles. Il erre dans la ville, d'un trottoir à une rue, d'une rue à un trottoir, trace pour ne plus penser et ne pense qu'à elle. Sa peau, ses lèvres, le sillon au coin de sa bouche, sa Twingo rouge, ses chaussures abandonnées le soir venu, les coussins en patchwork qu'il a balancés. Elle est partout, cette salope, elle l'a contaminé. Il marche jusqu'à la nuit tombée, enivré d'alcools consommés à la hâte dans les bistrots de son parcours. Il en a payé, des tournées. La consolation des lâches. Son père serait fier, un mec, ça boit, ça rote et ça se gratte les couilles devant la télé. Une claque ou deux à sa femme pour dégourdir les deltoïdes les soirs de match. Ou les soirs tout court. C'est facile.

Paul, pauvre Paul, employé des Postes.
Paul n'est pas beau.
Paul est un loser.
Paul est un con entiché d'un fruit pourri.
Qu'espérait-il ?

Il se couche nauséeux, le lit tangue dans les relents de bière arrosée de vodka. Il aimerait trouver le sommeil, s'y couler, fermer les écoutilles et s'effacer. Sa vie est un naufrage. Il en pleurerait. Alors il verrouille ses paupières, les traits crispés, presque douloureux. Il va survivre comme il l'a toujours fait. Verrouiller.

Les larmes sourdent de ses yeux clos et s'échappent en vagues irrépressibles, des sillons d'eau qui dévalent ses joues et inondent son cou et son torse. Elles s'écoulent en averse dans les hoquets et les râles. Le chagrin. Le vrai. Paul pleure sa misère, son histoire et sa vie. Il vide le trop-plein de malheur, lave à grande eau, s'épuise. S'endort.

***

Paul jette le carnet bleu. Il déchire les pages et gribouille les photos, décolle les rubans, plie les stickers, efface les poèmes. Il détruit des semaines et des mois, son premier regard, son premier sourire, ne veut rien garder. La colle résiste, mais il insiste, déterminé et précis. Mylène *is dead.*

Il s'arrange pour ne pas la croiser et s'oblige à ne plus l'épier. Il souffre. C'est comme un fer chaud posé sur sa chair, la douleur irradie, se propage et tranche le souffle. Il est en apnée ; depuis deux semaines, il ne respire plus. Il balance le gilet dont l'odeur le torture, ne veut plus le sentir enroulé dans ses draps, sur son corps tiraillé par une jouissance qu'il n'atteint pas. Il boit du vin rouge et ne prend plus de blanc, bannit le pouilly et le saint-véran. Il déplace les meubles et change les fauteuils, le canapé aussi. Le week-end, il s'évade chez Émilie ou Rachel, son autre sœur, et même chez Maxime, son frère avec lequel l'entente est tout juste courtoise. Il veille à ne pas rester seul, pas trop longtemps, pas trop souvent. Il se résigne. Il guérit.

Mais, Paul, ce n'est qu'en surface !
Il serre les dents, il souffre, il voudrait mourir.

Quand le mal se décidera-t-il à refluer ?

Émilie le reçoit. Tracassée par son apathie et sa mine chiffonnée, elle l'invite chaque week-end, lui concocte ses plats préférés, le conduit chez Rachel où les rires des enfants lui recolorent les joues et lui dessinent un sourire. Paul. Son Paulo. Celui qui a pris les coups à leur place dans la maison du malheur, quand leurs exubérances enfantines déclenchaient les foudres paternelles. Il ramassait les raclées comme on fait un baiser, s'imposant devant eux, les bras tendus, le corps en avant, lui, l'aîné, le responsable. Il assurait leur subsistance en travaillant le week-end au black chez l'épicier d'à côté ; il portait les sacs et les cartons, pliait sous le poids mais ne lâchait pas. Il palliait les manquements de ceux pour qui le rôle de parents consistait à couler dans l'alcool les allocs et les primes. Il en a pris, des torgnoles, Paul. Émilie n'oublie pas. Elle voudrait tant faire. Le consoler, lui offrir du bonheur. Pulvériser cette Mylène qui englue ses neurones et éteint ses yeux bleus. Elle est brave, Émilie, une bonne fille un peu simple, pas très futée mais gentille. Elle ne supporte pas la situation et s'évertue à le secouer. Des Mylène, y en a d'autres, et des bien plus belles du dedans, et des bien plus authentiques, des filles vraies qui l'aimeront pour lui, pas pour de l'artifice gonflé dans les salles de gym. « Tourne la page, Paul. » Elle s'énerve, crie et tape ses casseroles. Elle l'insulte, le traite de couille molle ; faut qu'il bouge, qu'il comprenne, qu'il oublie. Elle recommence encore et encore, il écoute et promet, pour la rassurer. Oui, oui, les lambeaux de son cœur se recollent peu à peu, se déchirent encore parfois, surtout le soir après le travail, à cette heure fatidique des anciens rendez-vous, puis se colmatent à nouveau. Émilie s'apaise.

Quand la douleur ne sera-t-elle qu'un souvenir ?

Paul devient un artiste, sans leçon, sans coach, un véritable comédien qui se fond dans un rôle. Œil qui pétille, sourire. Clap. Profil, sourire. Clap. Le film tourne, il joue, il est un autre, heureux et agréable, du matin jusqu'au soir, au fond, le cœur en berne, bien caché sous la surface. Qu'on le laisse ! Surtout qu'on le laisse ! Il ne veut rien raconter, rien exprimer. Il vend, tamponne, sourit, vend, tamponne, sourit. Personne ne le voit. Il ne voit personne. C'est facile.

Chaque soir, ses pas gravissent l'escalier jusqu'au palier silencieux ; les portes sont closes, chacun chez soi, Mylène avec son type, lui seul. Il regarde malgré lui, espère malgré tout. Il regarde et ralentit le pas, au cas où, mais la porte est fermée et il rentre chez lui, allume, retire sa veste, traîne les pieds et investit son vide.

Il dîne, la télé en sourdine, puis sort le carnet rouge dont il a fait l'acquisition la semaine dernière. Un beau carnet, comme le précédent, soigné et coûteux. Il a commencé à le remplir et poursuit son travail, appliqué, comme toujours, de l'encre bleue, un Waterman, quelques paillettes, des couleurs aux craies d'art. Il croque et consigne les anecdotes de la journée.

Et raconte Angélique.

La belle Angélique.

2

« Nos médiocres vies sans beauté ne se recouvrent
de splendeur, ne s'enrichissent d'un sens
que sous l'éclairage de l'amour. »
Virginia Woolf, *Les Vagues* (1931)

Depuis trois semaines, Angélique est contractuelle au guichet de la poste. Elle accumule les petits boulots, mais là, c'est le Graal, elle remplace une femme en congé maternité. Sa marmite va bouillir et elle pourra gâter son petit garçon de deux ans qu'elle élève seule. Elle trouve les employés de l'agence agréables et apprécie l'accueil qu'ils lui ont réservé, surtout le petit chauve, pédagogue et patient, qui l'aide lorsqu'elle s'interroge ou rencontre des difficultés. Il est un peu bizarre, à la fois présent et distant, pas vraiment beau mais charmant. Elle pense qu'elle va se plaire ici.

***

Sur la photocopie d'un calendrier, Paul découpe des dates en cercle, y ajoute des horaires au feutre, puis les colle sur une double page de son carnet. Il trace et reporte le planning. Angélique vit avec son fils dans le quartier populaire de la commune, un petit immeuble HLM coincé entre une départementale où les camions s'agglutinent, polluant l'air de particules grises et nauséabondes, et une place perturbée par les vrombissements des scooters. Chaque matin, elle dépose son petit garçon chez une femme à quelques pas de chez elle – sa mère, semble-t-il – puis se rend à pied à l'agence. À l'épaule, elle porte un gros sac en toile, ni gris ni beige, dans lequel elle emporte son déjeuner ; des pâtes à réchauffer dans une boîte en plastique. Elle court parfois lorsqu'elle est en retard, se tord les chevilles dans ses chaussures à talons, sa jupe se soulevant au-delà des genoux. Elle est sexy, Angélique. Très sexy. Pas aussi jolie que Mylène, mais agréable à regarder. Petite, un peu ronde, la taille floue et les seins lourds, elle a de longs cheveux bruns bouclés qu'elle discipline avec des pinces. Ses vêtements épousent chacune de ses formes et offrent au regard des parcelles de peau nue. Angélique est dorée, pas blanche, pas mate, mais délicieusement miellée. Son parfum se devine. À peine un léger souffle d'agrumes. Paul apprécie ce contraste entre l'ostentation de ses tenues et la discrétion de son arôme. Il la respire à plein nez, s'en remplit les narines. Elle semble délicate.

Le week-end, elle se consacre à son fils, l'emmène au parc ou à la piscine, sort peu et n'a pas d'amoureux. Paul a bien observé, caché derrière les poubelles en contrebas des immeubles ou dans sa voiture. Aucun homme ne s'invite. Aucun ne vient chercher l'enfant.

La suivre occupe Paul, son temps, son esprit. Il croit colmater. Et s'anime. Cette fille l'intrigue ; son enthousiasme, sa pétulance, elle rayonne. Quelle belle humeur ! Il la contemple, assise à son guichet, les sourires aux clients, les regards, les attentions, elle les bichonne, posée, patiente. Elle est jolie.

Elle l'éveille.

C'est toujours mieux que de sangloter comme un nase.

Il s'active. Il veut plaire, s'apprête à nouveau, choisit ses vêtements avec soin et laisse pousser une barbe qu'il fait entretenir chez un barbier réputé. Il opte pour des jeans slim noirs ou bleu sombre et des tee-shirts aux coupes étroites sans flocage. Il a acheté un banc de musculation et s'astreint chaque soir à sculpter son corps. Il sera beau. Pour elle.

Angélique est mignonne, douce et gironde. Angélique est joyeuse. Angélique sent bon. Angélique l'envoûte et investit ses rêves.

Mais Angélique n'est pas Mylène.

Quand le mal s'estompera-t-il ?

Paul !

Paul, la douleur est si profonde, pourtant le bonheur est à ta porte, si simple, presque facile – à la croire improbable, cette nouvelle femme dans ton espace. Tu repenses à la pub de cette barre au chocolat qui console les chagrins et insuffle l'élan ; absurde, hop ! « un Mars et ça repart ! », quand tu sais qu'il n'en est rien. Pour toi, rien ne s'efface ; le supplice assiège ta peau en profondeur et tes organes se tendent. Il est dans ta journée puis dans ta nuit, t'oppresse, t'étouffe et t'engloutit. Tu crèves. Mais elle est là, cette jolie femme, paillette dans l'arc-en-ciel, presque princesse, et tu la vois. Regarde.

***

Les cartons l'interpellent. Empilés devant la porte de Mylène, ils constituent une tour dangereusement instable, agrémentée de sacs, cadres, boîtes et autres contenants. La pile s'écrase sur elle-même, recouverte d'effets masculins. Le brun est remercié. Adieu. *Ciao*. Bon débarras. Il prend ses cliques et ses claques dans la colère et un échange de mots tendus. Les injures volent ; il est un gros con, elle est une salope. Les portes s'ouvrent, se ferment et claquent bruyamment. Paul s'en amuse, heureux de ce désordre conjugal, satisfait surtout de cette issue qu'il avait espérée.

Mais la pâleur de Mylène et ses traits tirés, aperçus dans l'ombre du palier, lui pincent le cœur. Elle a pleuré, il s'en émeut. Un peu. Trop. Il voudrait la réconforter, lui offrir son écoute, sa compassion, lui prendre la main et l'étreindre. L'embrasser. Il voudrait l'inviter à entrer et parler de ce que l'amour peut avoir de funeste. Il prendrait sa peine et l'absorberait sans concession, purgerait sa tête de cet autre qui la meurtrit, le lui ferait oublier dans la tendresse. Ça serait facile et tout repartirait, comme avant le brun, comme avant cette nuit, ils reprendraient là où les soirs leur donnaient un espace. Il le voudrait si fort et imagine, mais se détourne et ferme sa porte, le cœur en charpie, la main hésitante, mais il sait – le temps. Du temps pour qu'elle revienne.

Mylène. Sa Mylène. Elle reviendra.

Paul épie au judas et nourrit son espoir ; les cartons s'enlèvent, les boîtes disparaissent, plus de mec, plus de muscles ; plus rien pour lui rappeler sa laideur. Il se réjouit chaque jour davantage. Le temps. Ce temps va l'assister.

Dans une boîte à chaussures au fond de l'armoire de sa chambre, il range son carnet rouge et dépose les photos d'Angélique qu'il n'a pas encore collées. Elle n'est plus si belle. Il regrette d'avoir détruit le bleu et se sermonne de son empressement à chasser Mylène de sa vie. Émilie avait tort, il suffisait d'être patient. Il va falloir prévoir un nouvel achat, un carnet plus grand, plus beau, plus lourd.

À la poste, ses collègues le trouvent changé.

Le corps ferme, les bras et le torse étoffés par la musculation, Paul se tient droit et arbore une assurance travaillée, entre désinvolture et retenue. On le regarde, on l'apprécie, on l'envie. La popularité des beaux. Il se réjouit, en joue, abuse, fier et insolent, campé dans ce rôle qu'il s'attribue, rodé à la pantalonnade, à ces faux-semblants dont il mesure l'intérêt.

C'est donc ça, la vie, une grande farce hypocrite dans laquelle il faut se fondre pour ne pas être méprisé. Il écoute, regarde, s'adapte. Il apprend, la nausée au bord des lèvres face à ce fourbe étalage, à cette course à l'apparence, à cet attrait de l'enveloppe alors qu'au fond il sait être le même. Il vomit ces faux amis, leurs tapes sur l'épaule, leurs grimaces artificielles, eux qui ne lui accordaient qu'un vague regard. Il les toise et s'affirme, conscient d'une duplicité qui lui coûte mais dont il ne peut revenir.

On le pressent futur chef d'agence, on l'encense. Tout ne tient qu'à rien. Du vide. Du vent. De l'eau à son moulin.

Angélique le côtoie au bureau, timide et réservée. Elle observe le changement, cet homme qu'elle trouve attachant dans l'effort qu'il déploie. Elle devine l'énergie et l'envie d'en découdre, s'amuse de son torse bombé, de son regard suffisant auquel elle ne croit pas, plus bravache que pédant. Elle s'attendrit de son air et se prend à l'épier, il est gentil, elle le sait. D'ailleurs n'est-il pas doux lorsqu'il lui porte attention ? Il la regarde et lui sourit, un vrai sourire, sincère, dont elle perçoit la chaleur. Elle aimerait le connaître et gratter la surface. C'est tout elle ! Il faut qu'elle sache ce qu'un masque recouvre – une histoire, un secret. Peut-être un chagrin. Elle est fine et juste et, dans le silence de son regard, se dessine déjà la perspective d'une âme à sauver.

Paul sent qu'Angélique s'efforce de lui plaire. Il remarque sa main posée sur son bras, un rire aux éclats lorsqu'il la taquine, elle le dévore des yeux et rougit, pas aussi hardie qu'elle semblait l'être. Elle est une jolie femme et, sincèrement, Paul l'apprécie. Parfois encore, il la suit ; de ses week-ends de mère célibataire à ses matins trop courts, ces jours où elle se hâte, dévoilant ses genoux et ses cuisses. Il devine qu'elle s'épuise, seule et responsable, une mère comme tant d'autres, au bout du rouleau mais présente, portée par ce petit qui illumine sa vie. Il aime la regarder, dévouée et courageuse, voudrait l'épauler, prendre son sac, poser l'enfant, lui dire qu'elle est belle quand personne ne le lui dit. Un instant, il retirerait son masque pour redevenir lui-même, un gars bien et honnête, celui d'avant qu'on ne le piétine, mais il passe son chemin et poursuit sa route.

L'agence, les cons.

Et Mylène.

Mylène l'obsède.

Il l'attend, sûr de lui.

Il planifie savamment ses allées et venues, la croise au détour d'un carrefour, *oh ! quelle surprise !* Dans le hall de l'immeuble, sans s'arrêter, une présence qui s'esquisse, un peu, pas trop, juste suffisamment pour exister. Il ne s'impose pas mais s'immisce en douceur dans un quotidien dont il connaît les moindres détails, les parcours, les horaires, cette petite vie qu'elle bricole, le pas vif, l'épaule arrondie, tête basse, déçue par ces mecs qui ne croient en rien, l'amour débandé au moindre enrôlement. Paul est différent. Il connaît l'engagement et ne se débine pas. Pour elle, il décrochera la lune, c'est facile, éculé, mais il imagine. Une vie à deux, sa main dans la sienne. Elle va revenir, faire la différence ; eux, lui, c'est pas la même histoire. Il rappelle sa dissemblance, des petits signes qu'il égrène, du baume à ses plaies qu'elle applique sans savoir, subtil jeu de présence et d'absence, une toile qui se tisse. Il est partout, proche et lointain, stratège ordonné qui espère récolter le fruit de son labeur.

Chaque soir, il attend près des boîtes aux lettres et rejoue les scènes encore et encore, Mylène dans son univers, le courrier, le parfum, sa peau à côté, des souvenirs gravés dans sa mémoire dont il reprend la mesure, ses cheveux, sa silhouette, il respire et s'approche, caresse pour de faux, les yeux clos, quand elle ne le voit pas. Il s'accorde à ses pas, toujours silencieux. L'escalier. Le palier. *Bonsoir.* Ils rentrent chez eux.

Paul espère et s'entête. Mylène reviendra.

Les soirs s'empilent. Identiques. Mais, il sème, il sème.

***

Pffft.

Paul s'agace.

Mylène a-t-elle remarqué ses efforts ? Son corps, ses vêtements, sa prestance. C'est pour elle qu'il s'arrange. Le comprend-elle ?

L'humeur de Paul s'assombrit, travaillée par l'amertume de ces jours semblables, si peu gratifiants, lui pauvre mec transformé en clébard. Tous l'ennuient – stagiaire, collègues ou clients –, des cons, alors ses mots fusent, crocs en avant, une morsure à droite, un coup vers la gauche, c'est fin, vif, ça heurte dans le mille, de l'ouverture de l'agence jusqu'à la fermeture, quand, soulagé de fuir, il enfile à la hâte veste et pardessus, enroule son écharpe et court à sa voiture. Il aime être au soir, à l'heure de l'attente. Même s'il la manque, il espère. Un geste. Une ouverture. Il patiente. Mylène s'avance, le salue et prend son courrier. Elle n'ajoute rien. Comme chaque soir. Il emboîte son ombre et suit clopin-clopant, l'air détaché mais sans l'être, un peu lourd tout de même, poussé par l'échec de ces jours qui s'entassent. Elle monte à l'étage, sourit, un peu gênée, un peu pressée, monte les marches deux à deux sans les rires d'autrefois, le corps tendu – bras serrés, elle fuit. Et il suit.

Et enrage. S'arrête. Net. Au coin, il l'aperçoit. Le brun. L'homme qui sort de l'appartement de Mylène, qui s'approche, l'accueille, l'étreint, qui l'embrasse. L'homme qui tient celle que Paul pensait enlacer. Il est revenu.

Le choc.

À vomir.

***

Paul fait sa gym. Les poids, les tractions, les pompes. On souffle. Abdos. On lâche. Il faut mobiliser le corps pour vider la rogne. Il sue l'infection. L'empoisonnement. Il trime et muscle à s'en péter les tendons. Souffrir, c'est vivre, et il veut vivre. Encore.

Il les déteste tous.

Il les hait.

Les beaux. Tous ces faux moches du dedans, ces vernis à gratter. Que de la couche de surface, qui trompe et qui cache. Les beaux, c'est laid.

Il ne va plus à la boîte aux lettres, plus le soir, n'attend plus, ne veut plus. Fin. Que fait-on de la douleur ?

***

Paul part chaque matin. La voiture, le trajet, l'agence, les clients, les collègues et son silence. Il exécute, appliqué et irréprochable, salue et sourit. Il repart chaque soir. La voiture, le trajet, l'appartement, le verre d'alcool. Le second verre. Le troisième verre. La bouteille. De la vodka, ce n'est pas cher et efficace, plus efficace qu'Émilie, qui le harcèle de ses appels. Mais non, il n'est pas ivre, il n'a besoin de rien, il va bien.

Angélique s'inquiète.

Cet homme, Paul, qui l'a si bien accueillie, semble en proie à de vives émotions, passant de la colère à l'affliction sans plus d'instants légers, rongé probablement par des soucis personnels qu'il ne veut partager. Elle a tenté de discuter, mais, comme tous, elle s'est fait rabrouer alors que sa peine était sincère, elle dont la compassion guide la route bien trop souvent à ses dépens. Elle en a fait les frais de sa grande bienveillance, adoptant en amour tous les « chiens errants », malchanceux, cabossés, qu'elle s'imagine rafistoler malgré leurs mensonges et leurs dix mille promesses. Elle a eu son esquinté des sentiments, un beau parleur et un voleur, a cru à ses éternelles déclarations, a payé et pleuré, et maintenant élève, seule, l'enfant né de leur histoire. Le type est parti. Pas un mot, pas d'adresse. Pourtant, elle avait cru en lui, en ce fieffé pourri, lorsqu'il avait promis un logement pour eux trois et une belle vie de famille ; de quoi surtout effacer les années écoulées et ce mauvais karma collé à la peau. Elle a versé des torrents de larmes, un mois, puis deux, puis s'est consolée aux sourires de son fils, se rappelant que la chance est pour les audacieux et qu'elle, même si sa sensibilité restait la même, ne voulait plus vivoter.

Alors, quand elle le voit, le petit chauve au corps tout nouvellement modelé, si brave dans ses jeans étriqués et ses tee-shirts ruineux, mignon et pathétique, elle éprouve l'irrépressible envie de le réconforter. C'est comme ça, plus fort que tout, sa gentillesse et tout le toutim, faut qu'elle écoute et qu'elle console, ça la prend, ça la retourne et ça la pousse, malgré sa conscience et l'expérience qui lui répètent qu'elle est une cruche, trop tendre et trop cucul, la pote qu'on égratigne puisqu'elle accepte, pauvre conne, sensible et romanesque, imaginant sans doute qu'elle peut réparer les cassures. Il est vraiment craquant, l'homme du guichet, moche et hostile, malheureux à ne pas en douter, sûrement un peu brisé, et la voilà qui s'interroge.

***

Paul est invité à partager un café. Ou un thé. Une bière. Un verre de vin. Enfin ce qu'il souhaite. Il est encore surpris et revit la scène en boucle : ce matin, dès l'ouverture de l'agence, Angélique s'est approchée de son guichet, un pas décidé dans sa direction, les talons qui claquent sur le sol bétonné. Il a vu sa petite jupe virevolter sur ses cuisses heurtées l'une contre l'autre dans une masse de chair tendre, un doux frottement impudique gainé de bas clairs. Elle est venue à lui, une main dans les cheveux, les lèvres peintes en rouge, pulpeuse, tel un fruit juteux gorgé de promesses. Sa mâchoire s'est allongée, comme celle du loup affamé de Tex Avery, ses yeux sont sortis de leurs orbites. Titillé par le manque d'un sexe libératoire, une jouissance immédiate et rapide. Il a bandé d'anticipation, d'espoir et de frustration, de Mylène, de femme, d'envie. Il a souffert d'une douleur de vivant, comprimé dans ce pantalon qui lui blessait les bourses et grattait sa peau tendre. La tension le ranimait, il existait.

Angélique s'est approchée – la jambe contre sa cuisse, ses seins contre son bras, un corps plein, un corps souple –, elle s'est avancée pour ne parler qu'à lui, un petit souffle à son oreille. Une invitation.

Ils ont choisi le Café du centre, à proximité de la poste et marchent côte à côte sans se toucher, ni même s'effleurer, un peu gauches. Elle le dépasse, juchée sur ses hauts talons ; ils détonnent, lui efflanqué, elle enveloppée. Du creux, du plein. Grisaille, soleil. Eau, feu. Ils s'accordent, l'un accélère, l'autre ralentit, en phase, ignorant le regard des curieux ou des sceptiques, les défenseurs de l'harmonie – même milieu, même couleur, même allure, eux qui jurent dans le paysage et s'en amusent. Les liens se tissent, invisibles et subtils, pied de nez à l'uniformité.

Elle commande un Perrier, il opte pour une bière. Leur table est à l'abri des regards, au fond du bistrot, dans un coin faiblement éclairé par les appliques murales. L'intimité la surprend, lui apprécie.

Il veut qu'elle parle d'elle, uniquement d'elle, qu'elle raconte les détails de sa vie qu'il consignera dans son carnet. Il veut connaître ses projets, dans lesquels il espère s'immiscer parce qu'il est amoureux. Oui, amoureux ! Ça lui est venu comme ça, l'amour qui l'envahit, une envie d'elle, de sa peau et de son sexe, une envie instinctive et puissante qui dilate sa trachée laissant passer l'air pour qu'il puisse respirer. Il respire, enfin, oubliant l'apnée de sa douleur ; amoureux, c'est ainsi. Angélique remplacera Mylène, elle sera meilleure que Mylène, plus belle et sensuelle, elle ne sera pas blonde, ses yeux sont marrons, sa taille est épaisse et ses courbes sont molles, mais il la prendra ; elle sera un baume. Son baume.

Il se tait et l'écoute. Ses déboires amoureux, son enfance, ce père malade parti trop tôt et sa mère dévouée, son rêve de devenir médecin pour soigner les maux et guérir les tumeurs – « comme celles de papa, tu vois ». Elle parle de son fils et ses yeux s'illuminent, ce petit bonhomme arrivé par surprise devenu son trésor. Elle fait de grands gestes avec les bras et touche ses cheveux. Il la contemple quand elle boit son Perrier. Paul s'imprègne de ses mouvements et recueille les données.

Il avale sa bière et propose un second verre qu'elle refuse.

Un resto alors ?

Dans la pizzeria du quartier, il l'invite à s'asseoir ; une table disponible, la seule, à côté d'un couple, à droite d'une famille. Et lui, sa vie ? Il hésite. Parler de Léa, de Mylène, de la beauté piquée de vers, de son cœur piétiné, l'effrayer avec ses frustrations et sa rage, raconter le garagiste et le brun, ces hommes plus grands, plus forts, plus faux qui s'approprient ses rêves. Relater le quotidien étiré sur du rien, sa pauvre existence, le pauvre Paulo, inapte à l'amour, moche et raté, ses carnets, ses manies. Il imagine l'effet de sa vie s'il la racontait – pliée, minuscule, *ha, ha, ha !* Personne n'en voudrait, lui le premier, de cette vie rabougrie où l'amour s'esquive ; facile, il est trop moche. L'idée le heurte, humiliante, alors qu'il souhaiterait qu'on l'estime, pour lui, pour de vrai, au-delà du récit, même s'il colle des photos et suit ses lubies, pauvre type, désespérément seul, amoureux et perdu. Il se racornit, devenu petit, tout petit, et tait ses travers. Il s'invente une idylle – *énorme* –, divine, avec Vanessa, en rajoute, ses dents du bonheur, ses yeux verts, sa finesse, les années partagées sans l'ombre d'un orage jusqu'au dernier soupir, un cancer qui l'a terrassée un matin de janvier. Il brode, s'apitoie et apitoie. Ferre.

Angélique hésite, puis accepte un dernier verre quand elle pense que rentrer serait mieux, pour son fils qui l'attend, ou pour elle, que l'on pourrait juger délurée ou facile, une fille qui a pris l'initiative d'un rendez-vous, trop ronde, trop pulpeuse ; elle connaît. Mais elle accepte parce que les mois l'ont avalée depuis la naissance de l'enfant – plus de bon temps, plus de copines, plus d'homme, des mois de malheur à compter le temps et courir l'intérim, les postes à deux balles aux horaires décalés et aux payes dérisoires. Elle se démène chaque jour et s'oublie, espérant un meilleur qui ne vient pas. Même quand on est courageuse ou que la vie reste morne, c'est toujours la galère. Ce soir, elle prend son inexistence en pleine face, et dans les yeux couleur lagon, dans l'attention et l'écoute de cet homme, elle perçoit l'impulsion. Le besoin circule. Le besoin et l'envie. Alors elle accepte, parce que parfois hésiter ne rime à rien. Sa mère gardera son fils.

Paul ajuste son regard et l'invite chez lui, « puisque c'est à côté et que le vin est au frais ». Il en a soudain éprouvé le désir et ose, même s'il est incertain que l'envie soit réelle ou nourrie d'un dépit. Mylène. Ces foutus souvenirs.

Quelle plaie, n'est-ce pas, Paul ? Elle s'immisce dans le plaisir de ce moment et te trouble. Mais Angélique sourit, alors tu sais que tu l'invites parce qu'elle a remué tes sens, parce qu'elle est agréable et que ses cuisses sont magnifiques, parce que tu voudrais jouir et purger l'amertume, parce que la vie est une salope, parce qu'il le faut, parce que tu crèves.

— Viens ! Suis-moi.

Dans les verres, Paul a versé du vin auquel elle ne touche pas et se place face à elle sur le canapé gris, les genoux avancés, les fesses en équilibre, tout proche, presque à la toucher. Il contient l'impatience qui déjà le ronge. Foudroyante. Cette chair tendre, ces cuisses pleines, les promesses de sa peau, il imagine. Elle parle, mais il n'entend pas. Sa bouche le grise, ses dents blanches, sa langue, il s'embrase. Encore quelques secondes – une légère retenue, l'esprit qui raisonne, il se dit que « non » et puis capitule ; l'envie, toujours l'envie. De prendre. De se consoler. L'envie d'y arriver. L'envie plus forte que tout, comme la colère ou le chagrin qu'on ne tient plus, l'émotion qui submerge même si l'on en connaît l'offense. Le doute, s'il avait existé, se balaie d'un haussement d'épaules, un soupir et il fond sur sa proie, l'enlace, l'embrasse, il la sait consentante. Missile en rut. Il la culbute sans sommation sur le canapé, les doigts indiscrets, sans tact, se sert et se goinfre. Elle résiste un peu, gémit à peine et se résigne – les hommes sont tous affamés. Il la prend, robe relevée, bas abîmés, il pilonne, le pantalon aux chevilles, chaussettes et chaussures à ses pieds.

Elle est chaude comme Mylène, moite comme Mylène, sensible comme Mylène, il glisse en Mylène, il baise Mylène. Il frappe son pubis de l'assaut de ses reins, l'envahit, la domine. Il voudrait la plier.

Mylène. Sa Mylène.

Il se retire aussitôt.

Et regrette. Il est un animal. S'excuse.

Jamais il ne s'est comporté de la sorte. C'est peut-être elle. Trop séduisante, trop pulpeuse et aguichante. Sa robe courte et ses talons vertigineux. Ses bas. Ses seins. Ses fesses. Décidément trop sensuelle. Et sa bouche. Que dire de sa bouche ? Il s'est perdu. Est désolé. Mais il faut avouer, elle s'est montrée facile et n'a pas résisté. Il ne reconnaît pas ses mots.

C'est moche, ce dédouanement quand même, Paul, comme si tu pouvais croire n'être pas responsable. C'est sûr, tu secoues la tête et frottes tes jambes, mais c'est bien de ta faute et tu le sais.

Angélique se redresse et rajuste sa robe, les lèvres closes, une boule coincée sous le sternum, douloureuse et crispée, de celles qui serrent la gorge et font pousser les larmes. Les hommes la blessent, mais elle se tait et ravale son chagrin. Ne rien dire, ne rien laisser paraître, comme toujours puisque la vie, c'est ça, des jugements à la hâte, des impressions qu'on donne – une jupe, un brin de peau et les idées s'envolent. Elle est charnue, en haut, en bas, marche et attire, sexe à la bride, ouverte malgré elle. Elle imagine qu'il faut du temps, pour lui comme pour les autres, pour qu'il dépasse l'idée de la chair à pétrir. Alors, elle avale la brûlure et les mots fondent. *Regardez-moi, regardez-moi, s'il vous plaît, regardez-moi au-delà de ma viande et de mon châssis.*

Elle reste figée. Ni surprise ni déçue.

Fille facile, qu'est-ce qu'une fille facile ?

Sa robe est-elle trop courte ?

Elle se tait.

Sans doute n'a-t-il pas fait exprès.

Angélique est belle les cheveux emmêlés, pâle et froissée, assise sur son canapé. Elle serre les genoux et lisse son chemisier. Paul ramasse sa détresse, un regard en pleine face ; la tristesse qu'il remarque, elle est pour lui. Lui, l'arrogant et le vulgaire. La bête. Il sent la bile à son palais. Tout ça, c'est de la faute de Mylène. Non. Même pas. C'est de la sienne. Il se dégoûte.

— Viens…

Il tend la main et l'entraîne à sa suite, jusqu'à la chambre où il reprend tout au début, un vêtement après l'autre, lentement, il dénude et caresse ; il a le temps. Il est avec elle.

Il l'aime.

— C'est impossible… On n'aime pas si vite !

— Je t'attendais, mon Ange.

Angélique s'abandonne dans l'amour qu'on lui porte – un brin d'intérêt. Si tout pouvait être vrai, la tendresse, les baisers, si l'on pouvait s'aimer vraiment, sur un regard ou une caresse, les yeux clos pour ne plus rien savoir. Oublier la peau, oublier l'enveloppe. Fermer les yeux et laisser l'apparence, tous ces efforts pour plier sans rompre, ces mots qu'il faut dire, ces pensées formatées, la mode et l'âge à lisser. Fermer les yeux pour être soi, à l'intérieur, laisser glisser sans avoir peur. Elle s'offre telle qu'elle est, sans artifice ; on l'aime. Même un instant.

Sur le palier, malgré l'heure tardive, Paul claque la porte de l'appartement et parle à voix haute. Il raccompagne Angélique et espère être entendu des voisins, agacer leur sommeil, celui de Mylène, qu'elle sache qu'il peut lui aussi prendre du bon temps. Il surjoue l'euphorie et rit bruyamment. Angélique s'étonne de le voir ainsi, lui d'ordinaire si discret, ses pas frappés sur le sol, ses mains qu'il claque et même cette allusion au plaisir brisant en quelques secondes l'intimité de leur échange. L'attitude la pique sans qu'elle ose l'interrompre, repoussant l'idée qu'il puisse se vanter. Il doit être heureux.

Paul la dépose au pied de son immeuble, un parachutage rapide ponctué d'un baiser sur les lèvres ; peu de mots, un soupir, elle descend de la voiture et fait signe de la main, lui est déjà reparti. Ils se reverront demain. À l'agence.

Entre honte et colère, son humeur balance. Angélique reste sur le trottoir et fouille dans son sac. Elle ne fume plus depuis longtemps mais cherche son paquet. L'amour. Paul a parlé d'amour et elle y a cru. Y croit encore, même pour de faux, même si rien ne la dupe, même si, même si les mensonges et le reste, elle élude et s'accroche. Pas de clope. Évidemment. D'un geste sec, elle ferme son sac et soupire. *Ça va aller, tout va bien se passer.*

Paul dort mal.

Le sommeil est venu puis s'est sauvé, jusqu'à l'éveil tendu, le corps moite et l'esprit embrouillé sur les heures de sa soirée. Il revoit Angélique et revit la bêtise, la honte et sa grossièreté en bas de chez elle, et ne comprend pas. Émilie le tuerait d'être cet homme sans tact, aussi primaire que ces mecs qu'ils critiquent tous les deux quand elle évoque ses échecs amoureux. Il s'est mal comporté alors qu'il était bien, posé près d'elle, d'un coup apaisé, libre d'être lui sans comédie. La tête lui tourne et la nausée le lève.

Vodka. Ou gin. Il choisit la vodka, un verre plein, pas un shooter, trop petit, mais un bon vieux verre à moutarde, vingt centilitres, histoire de noyer le gosier et d'abrutir l'esprit. Il se sert et le boit d'un coup sec. Il avale et racle la culpabilité, la morale à deux balles, la nuit qui s'étire et tout le bazar de sa tête. Il boit encore à Mylène, foutue Mylène et son corps de rêve, sa bouche et le sillon de son rire, ça heurte, ça brûle, ça plie. Il boit encore. Le chagrin racornit le cœur et pourrit les tissus.

Tu as mal, Paul, si mal, alors que tu voudrais avancer. C'est une mauvaise parenthèse dont tu paies le tribut. Cash. L'amour, ça te sonne ; depuis Léa, tu n'avais rien vu venir. Deux histoires, deux infortunes. Tu y laisses ta peau. Pauvre Paul. C'est vrai que ça fait mal.

Paul reprend une vodka et sort le carnet d'Angélique puis celui de Mylène dont les pages ne se sont pas encore remplies – pour dire quoi, quoi reprendre, les hauts, les bas sont à sa porte et il n'a plus voulu écrire. Il se sert un autre verre, le dernier, le cinquième, et trace un tableau avec un grand titre écrit en couleur : *Notations*. Les cases de gauche affichent les items : grain de peau, mensurations, odeur, goût, expérience, aptitudes, caractère, celles de droite des notes sur dix et des commentaires détaillés. Paul ricane de son ânerie, ce tableau réducteur et ces lignes méprisables, c'est drôle et dégueulasse, puéril et crétin, mais il pouffe et s'amuse ; précis, il compare. Mylène est plus belle, plus douce et plus tendre, plus satinée, plus suave et divine. Son rêve. L'épine à son flanc. Il faut qu'il s'en sorte.

***

À la poste, Paul arrive le premier.

Il ouvre l'agence et s'installe au guichet. Ce matin, l'air est frais et sous une chemise boutonnée jusqu'au col, il cache son beau tee-shirt. Ça le maintient, droit, intègre, il a besoin de rigueur aujourd'hui, histoire de se reprendre alors que tout dérape. Comme si le vêtement pouvait étreindre et contenir – des bras, du réconfort, l'idée d'un tuteur sur lequel il s'appuie. Il aimerait retrouver sa vie d'avant, l'ordre et le contrôle, venir au travail et repartir dans son bel appartement, manger les plats du traiteur et lire dans son canapé, seul, tranquille, l'esprit clair. Le bouillonnement l'éreinte, il s'épuise.

Ses collègues le rejoignent, Patrice puis Julie. Angélique arrive en retard, quelques minutes à peine, mais elle est essoufflée. Elle retire son manteau et fait de grands gestes, tire sur sa robe rouge – cette robe qui remonte et dévoile le haut de ses cuisses. Angélique s'agite, cette fichue robe n'en fait qu'à sa tête. Paul la regarde. Et regarde Patrice. Et ce client qui l'observe. Et cet autre qui la fixe. Tous ces porcs qui espèrent un bout de peau ou l'ombre d'un sexe. Ils la regardent comme des loups et se pourlèchent les babines, prêts à l'avaler, elle et ses promesses. Elle se dandine dans son Lycra bon marché et les aguiche, quelle garce ! Paul se gratte les bras, les jambes et le visage. Ça le chauffe brutalement et le démange ; il respire mal. Ces femmes le rendent fou à ne plus savoir raisonner et puis sa tête sonne comme une cloche par grand vent. Putain, ça l'énerve ! Ces porcs, ces porcs et elle ne voit rien ; elle tire sur sa robe et remue le derrière.

Angélique, affectée ce matin à la remise des colis, se glisse derrière le comptoir. Elle regrette d'avoir choisi cette robe rouge. Elle l'a enfilée trop vite, pressée par son fils malade et la course jusque chez sa mère. Voilà qu'on la regarde tandis qu'elle tire sur le tissu, encore et encore, espérant l'allonger. Si elle pouvait leur dire qu'elle n'est pas ce que leurs yeux leur renvoient, qu'une jupe n'est pas une permission, qu'ils la blessent. Elle se redresse et sourit, parce qu'il ne faut pas perdre cet emploi, parce qu'elle croit l'avoir quand même cherché, à se vêtir ainsi, mine de rien – qu'espérait-elle ?

Paul pince les lèvres et s'applique à sa tâche jusqu'à la pause déjeuner. Il s'interdit de la voir et de lui parler, de lui jeter au visage son humeur belliqueuse, il le regretterait. Alors il respire fort et garde les yeux sur la ligne du comptoir, pas plus haut sinon il verrait son visage, elle est en face.

À midi, il se sauve et la laisse à son plat réchauffé, il a besoin d'air, tout explose : son cœur, sa rage, son caleçon. Il rentre chez lui et se sert une vodka. C'est trop tôt, il le sait, mais la gorge lui pique et ses nerfs se crispent. Ça le serre dans la poitrine, une sensation désagréable d'étouffement, comme un cri qu'il retient, qui enfle et dilate sa trachée. Ces femmes ! Son père avait-il raison ? Faut-il les soumettre ?

N'importe quoi, Paul ! Tu es en colère, mais tu n'approuves pas ces pensées. C'est certain. D'ailleurs, tu es le premier à t'insurger contre les violences faites aux femmes.

Paul boit un second verre, puis se rince la bouche et se lave les dents. Le goût le dérange, c'est celui de l'échec et de la faiblesse. Il n'a jamais levé la main sur quiconque, à l'exception peut-être de morveux à l'école qui l'avaient bien cherché ; jamais une fille, jamais une femme.

Il déraille.

Paul n'est pas beau. Il est moche, vilain, laid, insipide et mesquin, mais il n'est pas lâche.

Dans le miroir de la salle de bains, il se regarde.

Il va se reprendre.

Il soupire. Éteint. Sort.

Il mange un morceau et repart au travail.

— Pourquoi tu m'as ignorée ?
— Je t'ai pas ignorée, mon ange, j'ai fui la tentation.

***

Sur l'unique trottoir de la rue, Angélique le précède. Il a proposé de la raccompagner puisqu'il pleut, un prétexte. Mais ce soir, elle est pressée et n'accepte pas son invitation à dîner, son fils l'attend.

Paul ravale sa déception et puisqu'elle ne veut pas, il boira sans elle, se soûlera peut-être, collera des clichés dans ses carnets, une robe rouge, des bas noirs, découpera des formes et épandra sa bile.

Il ne se reconnaît plus, cette frustration qu'il ne gère pas, insidieuse et malveillante – un inconfort qui le submerge, l'empoisonne dans le ventre, le tend tel un arc jusqu'à plier les tendons, douloureux ; à exploser et à crier. Une crise. De folie. De colère. Il s'énerve à s'en griller les neurones, tout flambe irrémédiablement et il ne contient rien.

Il a peur.

Ses doigts se cramponnent au volant et le serrent jusqu'à faire blanchir ses phalanges, mais le trajet est bref et il gare la voiture à l'abri des regards. Il respire.

— Je ne t'ignore pas, mon ange, je t'aime.

C'est comme un pansement appliqué sur sa plaie, ces quelques mots et l'idée d'un amour ; Angélique se remplit et s'en tricote un espoir, entre le vrai et le faux, prête à y croire. Elle s'accroche et se convainc, puisque des gens sont heureux, pourquoi ne le serait-elle pas ? Cet homme l'embobine, elle accepte, plus conciliante que naïve, paraissant sotte sans l'être en vérité. Sa sagesse s'est envolée, oubliée dans les échecs, et elle compose, touchée par l'attention qu'on pourrait lui porter, se nourrissant de miettes, quitte à fermer les yeux. Elle retient ce « je t'aime » et bondit de son siège, escamotant déjà la blessure des remarques, corps en avant, par-dessus le levier de vitesse. Elle fond sur Paul et écrase sa poitrine contre son torse, ses cuisses sur ses hanches et mêle à sa bouche ses lèvres entrouvertes. Leurs salives se mélangent, les mains s'empoignent ; il l'avale, elle l'absorbe.

— Quand pourras-tu laisser ton fils ?

Les souffles sont courts.

Ce week-end, elle sera libre, elle s'arrangera.

Elle veut encore sa bouche et se presse davantage, entreprenante, elle ose et caresse. Ses doigts s'immiscent sous les tissus et courent sur sa peau, ils franchissent les barrières et libèrent. Paul souffre mille morts, tendu dans cette main qui le tourmente sitôt relayée par sa bouche. Elle le mène et le domine, il s'essouffle. Cette garce le soumet. Il crève. Il crève. La salope ! Il ne veut plus. Plus jamais. Il ne pliera plus. Il s'efforce de bloquer la caresse et saisit ses cheveux, un geste sec qui la retient, puis la repousse. Il ne sera plus un jouet dans les mains d'une femme, quel qu'en soit l'effort, il décide et maîtrise, les moments, le plaisir, et ne se perd plus.

Surprise, Angélique le croit gêné par son audace, trop spontanée peut-être, ou déplacée sur ce parking. Elle se reproche d'avoir osé, redoutant qu'il la catalogue comme savent parfois le faire les hommes, mais aussi les femmes, quand l'initiative du sexe n'est plus masculine. Elle s'enfonce dans son siège et se détourne pour cacher sa rougeur et ne pas regarder Paul qui, sans un mot, se rajuste. Il respire fort. Mais, elle aussi pourrait être en colère et souffler. Elle est déçue – que va-t-il imaginer ?

Lentement, elle s'extirpe de la voiture, espérant qu'il la retienne ou qu'il lui parle, juste quelques mots, autres qu'un « salut, à demain », mais il se tait.

« À demain, oui à demain. » Un signe et chacun file.

Paul regrette. Il roule vite.

***

Mylène ne voit rien. Mylène n'entend rien.

Mylène sort avec son brun, son bras crocheté à sa taille, sa joue sur son épaule. Elle traverse les halls, les paliers, indifférente telle une inconnue. Elle ne sourit pas lorsqu'ils se rencontrent, marche vite, pressée de le fuir. Il ne respire plus son parfum, ses yeux sont bredouilles. Plus de peau, plus de cheveux. Nada. Rien d'autre que des souvenirs piqués à ses nerfs, des sensations récurrentes qui lui pourrissent l'existence ; sur la pulpe des doigts, la langue et dans la tête, c'est en boucle.

Mylène.

Quand la douleur cédera-t-elle enfin ?

La journée est minable, le soir est minable, alors Paul se soûle puisque c'est facile. L'alcool remplit son verre et dissout sa tristesse. Paul ricane et se gratte. Il enlève ses vêtements, se regarde dans le miroir, en pied dans l'entrée. Il n'est plus si mal depuis qu'il s'est musclé, et sur son ventre sa peau est douce. Il se félicite et trinque. À sa silhouette, à ses yeux bleus, à sa fossette sur la joue, à ses abdos et à ses biceps, il trinque à Mylène et trinque à toutes les femmes. Et boit.

Le chagrin vient après, quand les idées se brassent et n'en font qu'à leur tête. Paul écrit un sms, « Je t'aime, même dans ces fringues de pute qui te vont comme un gant ». Le relit et l'envoie.

Angélique ne lui répondra pas. Elle couche l'enfant et fait bonne figure, raconte une histoire, puis se couche. Elle se sent sale et moche. Elle se sait conne.

***

Pour la première fois depuis dix ans, Paul est en retard. Il marche lentement dans la rue principale, peu pressé de rejoindre son agence. Sa tête sonne et des nausées le plient.

Il voulait rester au lit et cuver ses abus. Être seul. Ne rien affronter. Il voulait rêver de Mylène, la tuer, et être heureux sous ses paupières qu'il aurait laissées closes. Il aurait inventé un monde sans moches, sans beaux, sans enfance ravagée ; un monde équitable qui n'existe pas. Il serait devenu un homme à la vie ordinaire, sans carnets à remplir, qui ne boirait pas comme il a bu la veille, jusqu'à tomber au sol et dormir dans le vomi.

Il arrive l'humeur en berne et salue les autres, un geste, vite fait, esquivant les questions sur le gris de sa mine et sur ses yeux cernés. Il cherche Angélique. La voit. Derrière son guichet, elle est belle, les cheveux relevés en un chignon flou dont quelques frisottis s'échappent et lui encadrent le visage. Elle porte un corsage aux couleurs chatoyantes, des fleurs roses sur une étoffe lilas, échancré. Sa peau ne se devine pas, elle se voit, tendre et piquetée de grains sombres sur ses seins qu'il contemple, à peine couverts. Un sillon les sépare, marquant une ligne à suivre d'une caresse de sa langue. Il imagine, et regarde ce que tous regardent, face à elle, ces chiens, avec leurs airs libidineux. Ils osent la convoiter, cette femme qui est la sienne, ou presque. L'affront le dégoûte, la nausée le submerge. Il tente d'étouffer le malaise et de ravaler la bile, mais elle remonte et lui frappe la gorge puis se déverse en jets dans les toilettes où il s'est réfugié. Il vomit ses excès, chargés de colère, se vide la tête et rince ses souvenirs, des gerbes qu'il crache, épuisé par les assauts de ses boyaux. Il répand le déchet de sa rancœur et le regarde flotter dans la cuvette, se disloquer puis disparaître, aspiré par l'eau claire – avalé par les égouts où il sera noyé.

Il désire Angélique, à chaque regard, à chaque sourire, il voudrait la remplir, la marquer, la garder. Il voudrait qu'elle efface Mylène. Être libre. Pour elle. Pour eux. Concilier son corps et sa tête.

Angélique l'a suivi aux toilettes. Inquiète, elle a abandonné son guichet et s'est précipitée pour l'aider. La main qu'elle pose sur son front est fraîche et l'appui sur son dos ressemble à celui d'une mère attentive ; elle le console et parle doucement, « ça va aller », « ne t'inquiète pas », elle cajole et caresse. Essuie le coin de sa bouche.

Paul remarque qu'elle ne porte pas de jupe, mais un legging qui, bien qu'ajusté, couvre ses jambes. Ses ballerines ont des talons plats. Il est touché.

— Excuse-moi pour hier soir… ce sms que je t'ai envoyé, j'ai écrit n'importe quoi.

Elle ne lui dit pas que son message l'a blessée, ni qu'elle l'a excusé, qu'elle pense que sa robe rouge pouvait la desservir, même si ça ne devrait pas, qu'elle est impulsive et qu'elle regrette sa fellation dans la voiture ; elle avait cru lui faire plaisir sans penser à l'impression qu'elle laisserait. Elle ne lui dit pas que ce matin elle a cherché des vêtements sobres, que ce ne sont pas ses préférés mais qu'elle les a choisis. Pour lui. « Ça ne fait rien » seront ses mots.

Dans le lavabo, Paul se rince le visage et la bouche. La remercie. S'approche. Hésite. Et boutonne les petites perles de nacre qui ferment son corsage.

— Tu es tellement belle… mais quand même !

Pourquoi cherche-t-elle le regard des hommes ? Pourquoi les aguiche-t-elle ? A-t-elle tant besoin d'étaler sa peau ? Qu'attend-elle ? Qu'espère-t-elle ? Du respect ? Une femme qui se dévoile n'inspire pas le respect, ne le sait-elle pas ? Du désir certainement, mais pas de la considération ou de l'estime ! Ce n'est pas pour la critiquer qu'il se permet ces mots, qu'elle ne se méprenne pas, c'est pour son bien.

Sans doute a-t-il raison.
Angélique accepte que son col soit fermé.

***

Ils ont programmé leur week-end – celui qu'il a choisi, deux jours au bord de la mer. Ce n'est pas la saison des baignades, mais ils pourront se promener sur la plage, faire le plein d'air et d'iode, et se dégourdir les jambes.

Angélique dépose son fils chez sa mère, qui l'interroge sur ce type qui attend dans la voiture. Il ne lui plaît pas, avec ses yeux clairs perçants et hautains. Elle lui trouve un air pas très net et s'inquiète ; sa fille a toujours eu le chic pour se mettre dans l'embarras. Elle n'a pas envie de la ramasser encore une fois à la petite cuillère et serait soulagée qu'elle trouve enfin le bonheur. Elle le mérite, sa petite fille, elle si gentille, douce et aimante ! C'est quand même pas possible qu'elle dégote que des losers ! Mais Angélique la rassure, ce type est le bon, elle le sent.

La route défile sur un album de Bashung que Paul a glissé dans le lecteur et sur les mots qu'ils échangent. Elle file sur leurs doutes de se savoir ensemble pour quelques heures sans vraiment se connaître, la crainte de déplaire, le risque d'échouer. Chacun se tend malgré lui, cherche matière à paroles pour éviter les silences, ces espaces où l'inquiétude se met à germer puis taraude, des blancs qu'il faut remplir autrement que par la météo. Alors ils s'interrogent sur leurs goûts, espérant en apprendre davantage, des détails qui éclairent, des soupçons de brèches dans lesquels ils s'infiltrent, une mimique, une hésitation ; ils interprètent. Sans issue, l'habitacle les associe. Deux sièges côte à côte. Angélique hésite. Ses mains se posent sur ses cuisses, se touchent, s'éloignent, se serrent, crochetées ou à plat. Et ses jambes. Croisées, allongées, de côté, droite ou gauche. Regarder la route, le regarder lui ou baisser les yeux. Fouiller dans son sac, ne pas faire de bruit, ne pas le distraire, mais lui répondre tout de même.

Il parle de ses sœurs, Émilie et Rachel, qu'il adore, surtout Émilie, dont il est très proche. Deux ans les séparent, mais l'histoire les lie. Il raconte ce qu'elle fait, ce qu'elle aime, ce qu'elle dit, ses amours malheureuses et ses rêves. Il s'emporte lorsqu'il évoque les hommes inconstants, ces chiens qui brisent les cœurs et piétinent les femmes. Émilie a le sien en miettes et lui, ça le mine. Et Angélique, qu'en pense-t-elle ?

Elle lui relate aussi ses déboires, acquiesce, les hommes ne sont pas faciles. Elle a cru aux mirages, plusieurs fois, aux beaux mots et aux beaux discours, des promesses de toujours qui font palpiter l'intérieur et gober des couleuvres. Elle se sait trop naïve. Lui s'offusque et s'énerve, mais au fond ne se livre pas. Elle ne sait rien. Ni de ce qu'il est, ni de ce qu'il vit. Il verrouille. Sa vie. Son passé. Il parle des autres. Ses proches, sœurs, frère, neveux, disserte sur la vie et affiche des idées – des poncifs et des évidences, rien de personnel. Elle est bredouille de ce qu'elle voudrait connaître et masque son désappointement. Elle doit l'apprivoiser pas à pas, elle sait faire, les hommes réservés sont sauvages et demandent du temps. Elle en a à revendre. Il est le bon. C'est sûr.

L'hôtel est coquet. Le lit, double. La vue, sur la mer.

Paul pose les sacs et invite Angélique à se rafraîchir dans la salle de bains. Il a besoin d'une pause. Ne plus la voir, ne plus l'entendre. Cinq minutes. Ce n'est pas qu'il est las, mais ses pensées ont glissé vers Mylène, l'envie d'un autre week-end, elle et lui sur la plage. Ça l'a saisi d'un coup et il veut se reprendre. Mais le ciel est gris comme les yeux de Mylène, la mer agitée. Le vent soulève le sable fin, tourbillonne, grince puis s'épuise contre les façades des hôtels alignés sur le front de mer. Il emmêlerait les cheveux de Mylène en petites bobines de nœuds délicats et rosirait son teint. Le soir, Paul l'aiderait à coiffer les mèches collées par l'embrun. Il bécoterait son cou et lécherait le sel. Un bonheur simple. Paul ferme les yeux.

Dans son dos, Angélique revient, se love et l'étreint, le corps souple, les creux et les bosses arrimés à l'échine, elle s'emboîte et se pose. Le gêne. Ce n'est pas le bon parfum, ni la rose, ni le jasmin, pas les bonnes mains, ni fines ni laiteuses, ce ne sont pas les doigts longs, les seins hauts et les cuisses fuselées ; Paul cherche, espère, s'égare encore dans les souvenirs, ce n'est pas elle. Elle aurait pu être là, avec lui, Mylène. Il imagine à presque y croire, respire son odeur, sent sa peau, elle est à ses côtés sous ses paupières closes. Son cœur s'emballe dans le rêve, ce serait si bien, loin du brun, loin des autres, tous ces parasites qui polluent son air. Il rêve et s'agite, agacé par ce corps collé à ses reins.

C'est dégueulasse. Tout cela est dégueulasse.

Le bonheur. La beauté. La classe. La réussite.

L'histoire ne se coud qu'à la chance et lui est décousu.

Cousu de fil blanc – le récit devient prévisible mais rien n'est plus vrai que cette lassitude qui t'envahit, toi, pauvre Paul, pauvre gosse, pauvre moche que rien n'épargne. Ça s'échauffe dans ta tête, ce trop-plein d'injustice. La vie est pipée. Mauvaise famille. Mauvais karma. Tu as beau socialement t'en sortir, dans ta chair tu gardes des stigmates. Tu n'en peux plus de ces idées qui t'empoignent. Mylène s'interpose dans la vie que tu pourrais avoir, encore et encore, elle te broie par le souvenir d'une unique nuit qui te dévore et t'assomme. Voilà que tu t'énerves.

Paul inspire fort, les nerfs pulsant jusqu'aux mains, dans l'envie qu'il contient. Il voudrait qu'Angélique parte, que ce week-end n'ait jamais été programmé, pas d'« elle et lui », juste lui, seul avec ses idées. Il pourrait se replier sur lui-même, libre de pleurer, même s'il ne pleure plus. Angélique l'ennuie de n'avoir rien à dire, simple d'une banalité qu'il exècre, si semblable à lui-même. « Quelconque », le mot se ressasse devenant l'écho de sa propre misère et de cette inculture qu'ils partagent, irrattrapable malgré les heures à lire Internet et à visionner des reportages ; un manque perdu dans l'enfance. Cette femme est son miroir, collée à sa peau, là tout contre son dos, enlaçant son corps tendu. Elle devient irritante, sa gentillesse et son air amoureux, presque crétin, elle déborde et le bride. Il inspire encore pour reprendre le contrôle ; elle ne sera jamais Mylène, il doit l'accepter mais s'épuise, vaincu par le doute d'un bonheur qui s'échappe. Il inspire pour ne pas la repousser et la projeter au sol, lui dire qu'elle ne pense qu'à ça, elle, la bombasse, qu'elle doit s'éloigner. Il hausse les épaules et s'évade de ses bras, un écart vif, « pardon, pardon », il n'est pas dans son assiette, fatigué sans doute, il a besoin d'air. L'effet est vexant et, sur ses bras qui retombent, sur son corps qui se relâche, Angélique laisse imprimer sa peine. Elle ne sait où se placer, encombrée de sa silhouette qu'elle voudrait effacer, recule puis avance à nouveau, face à Paul. Elle ne comprend pas son humeur devenue sombre quand, l'instant d'avant, ils riaient encore. La bascule l'interroge. Sur elle. Sur ce qu'elle a mal fait. Comme souvent.

Paul s'est détourné, consterné par l'inconstance de son désir.

***

Sur la plage, Paul marche avec Angélique, tient la main d'Angélique, discute avec Angélique. Il offre le temps qu'il donnerait à Mylène, telle une pénitence, se demandant si sa vie se résumera encore à des miettes de sentiments, un peu sincères, un peu feints, dans l'attente d'autre chose qu'il n'obtiendra jamais. Il marche avec elle, présent à demi avec l'envie d'y croire et celle d'y mettre un terme. C'est confus. Inconfortable et confus. Il avance et lui serre la main, vérifie qu'elle est encore avec lui, alors qu'elle aurait pu repartir, comme il pensait le vouloir, sans le vouloir vraiment, ou si peu, ou presque, selon le moment. Il marche et oublie sa conduite, rassuré de la savoir ici, sans chercher à comprendre que, derrière son sourire, Angélique masque sa tristesse.

Elle racle le sable, les pieds déchaussés, et glisse ses orteils dans les profondeurs du sol souple où c'est entière qu'elle voudrait se couler. Elle s'enfonce et remonte, griffée par la silice dont elle aime le contact. Il faudrait partir, elle le devine, y pense et oublie. Elle n'est pas de celles qui abandonnent à la moindre anicroche, quand l'amour se profile – une chance à saisir, un homme amoureux, ni pire ni mieux qu'un autre, juste un homme avec des travers qu'il faudra accepter ; elle sait. Elle rêve de sentiments, malgré tout, ni naïve ni stupide, animée par l'envie de n'être plus seule avec son fils. Elle racle le sable et le disperse en un millier de particules roulées par le vent, mangées par l'écume, elle le projette et le chasse comme elle chassera les démons de cet homme.

***

Paul l'a emmenée dans une petite crêperie aux murs de lambris peints décorés de nœuds marins et de gros coquillages. C'est kitsch mais cosy, à peine éclairé de fausses bougies et d'appliques tamisées. Angélique choisit une table en retrait où ils seront tranquilles. L'atmosphère s'est détendue comme si le jour était ordinaire, chacun oubliant l'épisode, pas envie d'en parler, pas envie d'y penser, on discute, le sourire engageant, le geste prévenant, dans l'attente d'une suite, la nuit sans doute, remplie des promesses que les regards devinent. Les peaux se frôlent, on se touche, on se retire, parcourus de frissons, on imagine, il prendra son temps, elle l'aimerait audacieux. Du sexe et de l'amour, de la chair et des fluides, ils anticipent et se séduisent. Paul s'apaise. Angélique se rassure.

La douleur reflue-t-elle, Paul ?

Il écoute et regarde – l'instant qui s'étire. Elle.

Pourra-t-elle le guérir ?

Il l'envisage.

Accepter. Laisser. S'abandonner.

Enfin.

Ce soir, il lui fera l'amour et oubliera Mylène.

Angélique parle de l'agence, des collègues qu'elle apprécie, de la chance d'avoir ce travail, et puis de celle de l'avoir rencontré, elle discute d'intérim et se plaint de la précarité, de l'ascenseur social bloqué et de tout ce bordel, « c'est quand même pas possible ». Elle raconte ses projets comme son emménagement dans un appartement plus grand quand son dossier sera traité par les services de la mairie ; elle croit être la prochaine sur la liste. Son fils aura une chambre, elle espère et patiente, parce que « c'est pas une vie, ce foutu canapé convertible et l'étendoir à linge coincé dans la douche » ; elle voudrait un peu d'intimité et des pièces éclairées. S'il savait comme tout est compliqué pour une mère célibataire, le petit revenu et les charges à assumer.

Mais, Paul sait – l'argent qui n'entre pas, les gosses et les dettes, le logement insalubre avec les moisissures, les lits partagés et les chips pour repas. Il connaît les factures, les insultes du voisinage, l'odeur de la pisse et du vomi dans les couloirs, les petits sans jouets, les « feux de plancher » des pantalons et les polos troués. C'est loin et ça se croit oublié, mais il sait et pense à ses sœurs, aux galères dont elles parlent, aux enfants qui les usent, à leurs hommes absents. Il connaît la pression qu'elles endurent face à ces cons partis sitôt le méfait accompli ou ces abrutis crochetés à leurs basques pour boire l'argent du ménage et couler la famille. Il comprend Angélique, la galère et le reste, et acquiesce, touché, sans mesurer l'énormité que sa bouche articule :

— Tu peux t'installer chez moi en attendant… mon appartement est grand et il y a de la place !

Les mots fracassent ses oreilles. Ils sont dits.

Une absurdité.

Il attend.

Il n'aime pas son visage qui s'éclaire, le sourire qui s'y dessine, timide mais réel, sa main qui se pose sur la sienne. Elle a bien entendu. Son teint rosit et sa voix se perche. Elle s'emballe. Elle va lui présenter son fils, il va l'adorer, c'est un gentil garçon, sage comme une image et discret, et ordonné, et propre. Ils ne prendront pas de place, se feront petits, en attendant, quelques mois, tout au plus.

Elle est amoureuse. L'onde palpite dans son thorax, l'empoigne et la fait voltiger. Elle escamote ses expériences, les sales types et les chagrins, et se projette dans l'aventure d'un futur qui s'attrape avant qu'il ne file.

Paul déglutit une bouchée de sa crêpe et repousse ce qu'il en reste au coin de son assiette, incapable d'en manger davantage, la gorge étranglée et l'air sidéré par la joie d'Angélique. C'est tout lui, d'avoir offert ce qu'il ne veut pas donner, le con de service, celui qu'on roule dans la farine. Petit déjà, un sanglot de ses sœurs suffisait pour qu'il s'avance et prenne les beignes noyées dans les insultes, des nouvelles ecchymoses pour qu'elles ne souffrent pas, ses princesses, fragiles et innocentes. Il a encaissé les bitures paternelles et les affronts de sa mère, tampon immuable, malgré sa haine et l'émergence de sa force physique, soumis pour amortir les chocs. Il est comme ça, Paul, une éponge qui absorbe les flux et les reflux pour préserver le cher.

Angélique ne diffère pas de ses sœurs, et voilà qu'il l'adopte comme on recueille un chat errant, un peu contraint et touché, mais surtout résigné.

Il la regarde babiller. Elle parle, elle parle, sa crêpe ramollit, le cidre s'évapore comme l'envie d'être ici. Il écoute les plans sur la comète, l'emménagement, imagine les cartons et son appartement aux murs soudain trop étroits, la luminosité disparue, son espace, ses meubles, son univers envahi du soir au matin, les petits déjeuners partagés, les soirées, l'enfant qui court et qui pleure. Paul se gratte le visage et le cou. Les bras. L'allergie se propage. Il avale sa bolée de cidre et se ressert. Les gorgées peinent à descendre, coincées dans son œsophage aussi étroit qu'une paille de fast-food. Ça bloque. Quel con ! Il faudrait un whisky ou un shot de vodka, un truc qui essore les neurones et claque la gueule un bon coup. Il remue sur sa chaise, frappe les pieds, gratte encore les rougeurs de ses mains, des rougeurs qu'il aggrave. Il déchire et soulage puis recommence, à côté, là où la peau saine l'indispose. Il faut qu'il boive, ça le démange. Il commande un rhum puisque le tarif est abordable ; il pourra en prendre un deuxième. Il espère qu'Angélique n'optera pas pour une crêpe au sucre. « Pas de dessert, mon ange, on rentre. »

***

Angélique se savonne longuement sous la douche. Elle frotte les vides et les pleins, lisse les sillons. Du gel parfumé et de la mousse. Des bulles qui cachent et effacent. Elle se touche les jambes, les bras, le ventre, le caresse, le console. Ce corps, c'est sa peine. Trop rond, trop souple, tendu sur les hanches, plissé sur les cuisses, zébré par la grossesse, grenelé sur les genoux et les fesses. Elle le porte depuis l'enfance sous les insultes des cours de récré – la vache qui s'essouffle, le gros tas qui tombe, la dondon qu'on pince et malmène, elle dans cette carcasse de mammouth, les larmes aux yeux –, ces yeux qu'on ferme pour ne plus rien entendre. Les seins se dessinent, lourds et tentants, des formes à saisir pour les lycéens avides d'expériences, des promesses dont Angélique les régale. Ils l'ont prise, le sexe, la bouche, dans les abribus, au fond des toilettes, victime faussement consentante en mal d'amour. Être aimée, même mal, même un peu, davantage que ces filles populaires qui la toisent et l'insultent, alors elle donne, elle, la pulpeuse, elle, la salope. Elle ne compte plus, se laisse partager, taille des pipes comme on prend le métro, vite, elle enfile, la gorge remplie, la tignasse maintenue. Elle est leur chose dans l'espoir d'un meilleur, un Steve ou un Kévin qui lui dira je t'aime, même si elle n'y croit plus ou si peu, on ne sait jamais. Elle n'est que dégoût. Se scarifie. Fume et picole. Et baise, encore et encore, jusqu'à vouloir mourir, quelques entailles aux poignets et des pilules roses volées à sa mère.

Sa mère n'a pas mesuré. Rien vu, enfermée dans son veuvage et sa précarité, les fins de mois difficiles, les placards vides et les papiers qui s'entassent. Des emmerdes et toujours des emmerdes. Elle n'a rien vu, rien entendu, ni les portes claquées, ni les sanglots dans la chambre. Elle a fermé les yeux, éreintée par sa vie, sans croire à la dérive de son adolescente hospitalisée un soir de mai.

Encore humide, Angélique contemple ses courbes dans le miroir de la salle de bains. Elle est jolie. Un tatouage orne sa hanche droite et remonte sur ses côtes, des fleurs enlacées et du lierre. Elle l'a dessiné à la fin de sa psychothérapie. Depuis, elle a un peu minci grâce au luxe d'une remise en forme auquel elle s'astreint chaque mardi dans l'onéreuse salle de sport qui écorne son budget. Elle se regarde et doute, Paul a soufflé qu'elle était belle, mais ronde. *Envisage-t-elle d'entamer un régime ? Faire un peu de sport ? Ça lui ferait du bien de faire du sport !* Les mots se sont glissés dans la conversation après l'amour, alors que leurs peaux suaient encore de l'effort. Ils ont heurté les formes qu'elle a cherché à cacher. Elle a tiré sur les draps et s'est enroulée comme une crêpe, a retenu son souffle et dégonflé le ventre, puis s'est levée pour aller aux toilettes.

Angélique s'habille. Elle aimerait pleurer, mais ne pleure pas. Paul l'aime et la désire. Il ne calcule pas ses maladresses. Forcément.

Paul, lui, s'étire et s'étend en travers du lit.
Il se sent bien.
Il revit.

***

Ils choisissent de marcher sur la plage.

Le ciel s'est découvert sur le soleil qui étreint les épaules. Leurs mains se touchent sans se saisir, aucun n'ose, on s'aime un peu, mais on hésite, la relation débute. Elle se tait. Lui, montre les cerfs-volants et rit des jeux des enfants. Elle marche tendue, rentre le ventre, se redresse pour s'affiner. Il fait de grandes enjambées et tourne sur lui-même, ragaillardi par sa nuit, par cette femme qu'il pense « bonne » ; un bon choix, une bonne perspective, un bon coup. Si l'amour, c'est ça, alors il est amoureux et ne remarque pas son sourire devenu hésitant, les pauses étudiées, de biais sur les assises, droite à la marche, son retrait et sa discrétion. Il pense à son carnet et à ses notations, il pense à la prochaine nuit, il pense à ses seins, à sa bouche, il pense à ce qu'il osera lui demander, il pense à son emménagement et à ses promesses. Il pense qu'il est en veine. Il pense qu'il l'aimera comme jamais il n'a aimé.

Angélique compose.

Elle n'est ni sotte ni crédule. Elle pense à ses hanches qu'elle aimerait affiner, à sa peau et à ses cuisses imparfaites, elle pense à la nuit, au plaisir et à Paul, à l'envie et au désir. À demain. À la peur de l'échec. Elle mêle les idées à tous les sentiments et en fait une mélasse dont elle extirpe le bonheur et de la tristesse.

***

Paul s'est garé en retrait, à l'abri des regards, à l'angle du local à poubelles et des entrées de l'immeuble, il dépose Angélique et espère une caresse, comme celle refusée la dernière fois, une petite gâterie qu'il réclame, le ton doucereux, alors qu'elle s'échappe de l'habitacle.

Il la retient.

— Si tu m'aimes, s'il te plaît…

Elle n'en a pas envie, pas ce soir, elle voudrait voir son fils, essaie de se dégager, troublée par la versatilité de Paul ; il la veut nonne, il la veut pute. Elle aimerait être seule et réfléchir un peu, mais il insiste, sa main lui serrant le bras. Elle se rassoit et ferme la porte. Argumenter. Elle est fatiguée, le voyage l'a barbouillée, et son fils l'attend, sa mère aussi, ils se verront demain, et puis des gens pourraient les voir, notamment ses voisins. « Demain, Paul, demain. » Mais il refuse d'écouter et déboutonne son jean, il a envie, elle peut faire un effort. Ne pas jouer les prudes, elle qui l'a allumé avec ses jambes qu'elle a croisées et décroisées durant tout le trajet.

— Tu es tellement belle, mon ange, fais-moi plaisir !

Il lui tient le cou et la maintient, forçant sa bouche, s'enfonce et conquiert, tout à son envie, il oublie que c'est elle et imagine du X, où les femmes se soumettent, aspirant les sexes en couinant leur plaisir. Il pousse et envahit, et ignore les haut-le-cœur – ce retrait qu'elle amorce et qu'elle abandonne. Il aime, il aime. Ses mains dans ses cheveux et le rythme qu'il impose, « c'est si bon, mon ange », et prend, sans conséquence, puisqu'ils s'aiment.

Es-tu sûr, Paul ?

Elle est si experte, son Angèle, si douce et docile. Elle l'aime !

Est-ce vrai, Paul ? Ne vois-tu pas la lutte ? Ne vois-tu pas comme ses yeux sont humides ?

Évidemment qu'il voit. Et s'obstine.

Angélique renifle – envie de hurler, de frapper, lui ou la portière, un coup de pied ou une baffe, déchirer le silence pour poser sa rage, vomir les mecs et leur force, fermer les yeux puis disparaître. Elle n'est qu'une « salope » aimée pour ses fesses ; celle qu'on tire, qu'on partage et qu'on baise, une moins que rien, ni femme ni maîtresse, oubliée sous l'injure. L'amour s'est déguisé en sexe et elle est une conne, acceptant l'illusion sans plus savoir pourquoi – mal d'amour, mal de soi, elle pleurerait d'être si faible. Se déteste. Elle pense à Marilyn, dont elle a vu les photos à l'exposition de la galerie Saint-Joseph, un sourire triste derrière le rouge à ses lèvres, adulée mais brisée par cette fausse idée que tous avaient d'elle. Angélique a acheté un poster et l'a collé dans la chambre ; les hommes cassent.

Discrètement, elle s'essuie la bouche et replace, derrière son oreille, les mèches échappées de sa queue-de-cheval. Lui se rajuste, satisfait.

— Je t'aime, mon ange.

Elle ne sait plus, ces hommes et leurs désirs, la pulsion et la retenue, et elle au cœur de l'envie, flattée d'être vue, brisée d'être prise. Elle traîne le sexe comme un fardeau – un passage obligé. Elle plie pour garder son amant, puis se rince la bouche, se lave le sexe, frotte et efface, ferme ses jambes et couvre ses seins.

Elle mangera du sucre et du gras, des plats qui remplissent, versera quelques larmes et les essuiera. Le corps se répare.

***

Paul chantonne. Il sort ses carnets et les pose sur la table, des crayons noirs et bleus à droite, rouges et verts à gauche, une règle, de la colle. Il reprend ses tableaux et ses notes. Corrige. Il a croisé Mylène en rentrant tout à l'heure et l'a trouvée laide. Ses seins sont plats, ses jambes osseuses, sa peau terne, il l'écrit et gribouille une silhouette en forme de fil de fer agrémentée de membres tordus. Elle n'a plus cette petite ride d'expression au coin de la bouche, effacée comme son charme, alors il l'a toisée sans la saluer, *ligne bleue des Vosges*, cette pimbêche, à se demander ce qu'il a pu bien lui trouver. Il note, l'esprit clair, soulagé de sa guérison. Il rêve d'Angélique, de ses formes enveloppantes qui le serrent et le contraignent, l'enrobent et l'absorbent, cette pieuvre souple et obscène dans laquelle il aime exister. Il sent la violence saisir ses reins, la tension qu'il lui faut soulager avant de reprendre ses dessins, des sexes, des idées, cordes, attaches, soumission, des envies de douleur. Ça ne lui était jamais arrivé et ça lui gonfle l'humeur, ça le retourne et le motive. C'est comme une renaissance, un appétit de vivre, une revanche. Il va bouffer du bonheur, le saisir à pleines mains et s'en remplir l'esprit.

***

Paul ne souhaite pas qu'ils s'affichent à l'agence, pas pour l'instant, peut-être plus tard, lorsqu'elle aura emménagé chez lui.

D'ailleurs, quand emménage-t-elle ?

Il est pressé, la presse, l'oppresse. Ce sera mieux pour elle, pour son fils, pour eux. Ils partageront le quotidien et s'épauleront mutuellement.

La semaine prochaine ? Le week-end suivant ?

Il va l'aider, les cartons, les sacs, ça le connaît. Et puis il gérera la paperasse. Il demande et redemande, l'entortille d'une importance qu'elle s'approprie, heureuse d'être l'univers d'un homme. Elle escamote ses plaies, en oublie la raison, pour avancer, parce qu'elle veut croire à ce nouveau départ, une chance, une vie de femme ordinaire à laquelle elle aspire. Un homme. Un appartement. Son fils. D'autres enfants. Un bonheur simple.

Elle n'écoute pas sa mère puisqu'elle se trompe. Que connaît-elle du coup de foudre, elle dont la vie se résume à chérir un fantôme ? « Non, Paul n'est pas bizarre. Ni fourbe ni manipulateur. Pas plus que prétentieux. »

— Et si pour une fois j'avais le droit d'être heureuse ?

Elle claque la porte. Elle va déménager.

***

Finalement, Paul se réjouit.

Dans son appartement, il a fait de la place : quelques cintres dans une armoire, un placard dans la salle de bains et, dans le bureau, le lit d'appoint pour l'enfant. Il a installé les effets d'Angélique, l'essentiel, car ce qu'il a jugé moche ou inutile, à l'exception de quelques bibelots, a été relégué à la cave. Il veut rester maître des lieux qu'il partage sans véritablement donner, la laisser en transit, *en dépendance*, juste assez pour qu'il paraisse indispensable. Il ne calcule pas, c'est instinctif.

Il accepte néanmoins que quelques objets se posent sur les étagères – des repères auxquels elle tient, une photo de son père, un gribouillage de son fils, un galet ramassé sur la plage lors de leur escapade – une pierre « porte-bonheur », dit-elle. Il la trouve adorable. C'est sûr, elle lui plaît beaucoup.

L'avoir à ses côtés lui tardait, alimentant son impatience. Les deux dernières semaines se sont étirées, interminables, entre les soirées chacun chez soi et les heures à l'agence, mains dans les poches et regards évités. Il désire davantage. L'avoir à lui, elle, son fils qu'un soir elle lui a présenté. Il est mignon, cet enfant. Timide, mais mignon. Et Paul aime les enfants. Depuis toujours, il les aime, comme ceux de sa sœur Rachel ou de son frère, Maxime, des petits gentils au cœur souple, qu'il gâte avec plaisir. Il espère qu'un jour il gâtera les siens, ses enfants, têtes blondes ou brunes, petits Paul, petites Angélique, si elle lui en donne, plus tard. Il lui en parlera.

Les affaires sont en place, les cartons pliés, les sacs rangés, l'enfant douché, nourri et couché, quand, enfin, ils se retrouvent seuls dans le calme de l'appartement, assis sur le canapé, un peu gênés. La situation semble incongrue. Eux. Somme toute, des inconnus.

Paul n'éprouve plus l'euphorie du matin qui se dérobe dans le malaise d'un silence qu'il ne sait comment rompre. Lui prendre la main, l'embrasser ou discuter. Il voudrait soudainement être seul. Reprendre ses carnets et se poser. Qu'elle parte ! *(Encore.)* Quelle connerie !

Il se raisonne.

Les traits tirés par la fatigue, décoiffée et vêtue simplement, elle est belle, assise là, à ses côtés. Du coin de l'œil, il regarde sa silhouette, dont l'ombre se dessine, à la place qui est la sienne. Il la regarde et la voit, là où elle doit être, plus qu'une autre désormais, puisqu'il comprend à l'instant que l'amour est sincère, au-delà de sa jouissance physique. Il l'aime, sans aucun doute, même s'il reste encore sur la réserve, posant çà et là sa méfiance cachée sous l'indélicatesse. Il va s'amender. Léa et Mylène n'étaient que du vent, au souffle duquel il a cru, confondant ses rêves et leurs mensonges, trop naïf peut-être, ou trop assuré, certain d'être aimé pour lui-même quand il n'était qu'un jouet. Il rejette les souvenirs et ne veut plus s'en imprégner, tous ces trucs qui parasitent l'esprit, ces machins sur la beauté et tout le tralala, des fables mêlées aux bénéfices où chacun s'aime à la semaine et s'oublie en quelques heures. Il a été si con. La peau douce et les sourires artificiels disparaissent dans la com, telle une pub à la télé, sans justesse véritable, bernant le quidam sur l'idée d'une illusion. Il y a cru trop fort et intègre le réel, maintenant qu'on l'aime pour de vrai, même chauve et laid ; une femme par-delà l'évidence, plus fine qu'il n'y paraît, intéressante, assise sur son canapé, lui donnant une vraie importance. Il se sent consolé, alors qu'hier encore il ne croyait plus en rien.

Sa présence.

Il respire.

Sa main étreint la sienne.

Angélique soupire.

Elle est bien.

La vie va lui sourire.

***

C'est drôle… pour ne pas dire bizarre, de la voir déambuler dans les lieux – sa chambre, son salon, des robes dans son armoire, le petit qui mange à table, ses clés et son portable, son linge dans la machine. Elle est réelle et le voilà qui se prend à penser à l'avenir. Des enfants, des vacances, Émilie l'appréciera, Rachel aussi, quant à Maxime, il s'en fout, celui-là ne compte plus depuis qu'il a accompagné le cancer du pancréas de leur père – le fou, il a cru s'acheter une place au paradis en lissant le passé.

Angélique quitte avant lui l'appartement. Elle s'active pour sa toilette et son rimmel, déjeune debout, entre le couloir et la chambre, puis s'occupe de son fils. Le bureau plaît au petit. Il y a mis ses jouets, sa collection de peluches et quelques doudous dans le lit. Ses nuits sont paisibles et son humeur égale, le sourire aux lèvres, l'envie de vivre. Il touche à tout sans que Paul s'en offusque, même les bibelots fragiles, tourne et bricole, des bêtises à droite, une tornade à gauche, quelques cris joyeux emplis d'élan. Paul adore. Cet enfant est un soleil.

Angélique s'affaire pour le déposer à l'heure chez sa mère ; le timing est précis, l'ordre établi. Elle se prépare, l'habille et le conduit en bus puisque, souhaitant conserver un minimum d'indépendance, elle a refusé que Paul l'accompagne en voiture. Elle court ensuite jusqu'à l'agence et essaie, tant bien que mal, d'être ponctuelle. Paul se moque. Elle arrive, rouge et échevelée, les aisselles moites et les vêtements collés aux cuisses. Il rit, mais se réjouit de voir les gouttelettes de sueur sillonner la vallée de ses seins, la regarder s'agiter, souvent empêtrée, la jupe qui remonte ou le legging qui se plaque. Il bande, imaginant une pause qu'il ne s'octroie jamais. Il la prendrait contre le mur ou le lavabo, derrière une cloison, dans les toilettes et par-derrière, le pied sur les commodités, les mains calées contre les parois, vite et violemment, avec l'angoisse d'être surpris et celle d'être enfin découverts parce qu'il aimerait qu'on sache qu'elle est à lui et à lui seul, que c'est dans son lit qu'elle dort, dans sa chambre qu'elle se dévêt, qu'il la caresse et la baise. Il veut qu'on l'envie, même un peu, un tout petit peu, en une revanche sur la vie des beaux, un pied de nez à l'échec. Il veut qu'on lui sourie comme à un veinard dont on imagine les nuits et l'avenir. C'est si bon.

Mais il ne fait rien. Il regarde et c'est tout. La sueur, les gouttelettes, la jupe et le legging. Il bande et peste. Les autres la matent. Tout comme lui. Eux aussi lorgnent ses seins et ses rougeurs, eux aussi voient ses cuisses. Insupportable. C'est insupportable. Une torture.

La jalousie, ça taraude. C'est insidieux.

Fin et vicieux.

Ça le prend le matin, dès qu'Angélique franchit la porte de l'agence.

« Habille-toi autrement, mon ange, je te l'ai déjà dit ! »

« Pourquoi tu provoques ainsi ? »

« Ça te plaît, mon ange, le regard de ces hommes ? »

« T'aimes ça, en fait, te dandiner devant les collègues ! »

« Tu fais exprès d'arriver en retard pour qu'on te mate ! »

Angélique se récrie, elle n'est pas ainsi, ni provocante ni aguichante, elle aime la mode, les jupes et les corsages, comme dans *Femme Actuelle*. Évidemment on la regarde, de toute façon on la regarde toujours comme si elle pouvait satisfaire toutes les envies, c'est comme ça, elle s'est fait une raison. Elle s'en fout et n'y prête pas attention. Et puis, elle l'aime, Paul, et personne d'autre, alors les regards de ces mecs, ça n'a pas d'importance.

Ça tourne, Paul, ça t'ennuie et te mine. Tu t'interroges, malgré ses dires, tu regardes et tu vois, ces hommes, leurs désirs et elle qui les enflamme. Elle se défend, soupire à tes remarques, te rassure et dit que tu la blesses à la croire si légère.

Tu t'apaises un instant, mais le doute est un fiel.

Jusqu'à ce dîner.

La bascule.

Paul se tait et contient sa colère tant que l'enfant est là, mastique et avale, le regard bas ; ça gronde à l'intérieur, plus qu'hier, plus que l'avant-veille, jamais comme maintenant, la tension dans ses muscles, serrée, puissante, il mâche sa rogne et compte les minutes – encore le dessert et l'enfant sera couché. Si seulement elle écoutait !

— Il y a quelque chose avec Patrice ?

Angélique débarrasse la table – la garce fait comme si de rien n'était. Elle empile la vaisselle et la pose dans l'évier, ramasse les miettes et le contourne. Elle doit bien sentir qu'il est en colère. « Regarde ! Regarde-moi ! » Il bout. Elle ne répond pas.

— Tu couches avec lui ! J'ai vu ton manège !

— Tu dis n'importe quoi !

Elle le nargue avec son ton perché telle une outragée. Elle peut feinter, la menteuse, il a vu de ses yeux vu. Ses hanches collées à sa main, ses sourires lascifs, les poses faussement ingénues, il a vu, il a tout vu. Elle n'est pas la femme d'un seul homme, elle qui s'est fait faire un enfant par le premier venu. Mais qu'elle s'assoie au lieu de s'agiter autour de la table, elle lui donne le tournis ! Qu'elle se pose et qu'elle le regarde en face. Il s'énerve. Se gratte. Ça le prend dans le thorax, une sensation de brûlure qui irradie jusqu'au cœur, une oppression, c'est douloureux, sous pression, ça bouillonne. Il essaie de réguler le va-et-vient de son souffle, de l'apaiser pour qu'il n'explose pas, mais cette femme l'irrite, c'est de sa faute, elle tournicote, affairée, indifférente à ses propos – un non-événement. Une provocation ! C'est trop, ce soir, c'est trop. Jamais il n'a éprouvé cette fureur, jamais il n'a tant eu peur de perdre sa femme, qu'on la lui prenne, qu'on se moque, ah ! ce con de Paul, pas foutu de garder sa compagne ; la raison se disloque, plus de filtre, plus de barrière. Ça rompt.

Paul bondit de sa chaise et la saisit à la gorge. Il appuie ; une main lui tient le cou, l'autre s'élève, les doigts serrés sur l'envie de faire mal, vive et soudaine, le cueillant par surprise ; elle gonfle et tiraille les phalanges jusqu'au premier coup qui s'échappe. Le ventre. Un second. La poitrine. Elle décharge la colère de ce qu'il croit juste, frappe et empoigne, frappe à nouveau, satisfaite du bruit sec sur la peau. La salope a baisé ailleurs. Qu'est-ce qu'elle croyait ? Il n'est pas homme à accepter. Il ne contrôle plus. De toute façon, il n'aurait pas eu à le faire si elle avait contesté. Elle geint, c'est bien, au moins elle apprend. Son corps s'affaisse, mou et soumis, pas une réplique, pas un mot, surpris et résigné, encaissant le mal comme une évidence qu'il prend pour un aveu.

Il la laisse choir et toise sa peine ; ses yeux inquiets, son corps tendu. La honte pourrait le traverser, mais il l'ignore, tout à ses certitudes – un bon droit qu'il s'approprie, même s'il cherche à se reprendre, ne pas être de ceux qu'il déteste, ces cons qui cognent, son père et ses clones, petits cerveaux imbus d'eux-mêmes sans moralité ni conscience, trop imbibés pour réfléchir. Paul bombe le torse, lui si sûr de l'avoir vue. Il faut qu'elle sache qu'il ne se laissera plus malmener.

— Tu comprends !

Mais elle fait mal au cœur, assise contre le mur de la cuisine, les jambes recroquevillées. Ses sanglots percent le silence. Profonds, ils viennent du ventre, chargés de sa stupeur ; elle n'a rien dit, ne s'est pas débattue, broyée par l'attaque qu'elle n'imaginait pas. Elle pleure sur cette violence soudaine, infligée par amour, pour ce qu'il croit et qu'il impose, le poing fermé, brisant ce qu'elle aurait pu laisser paraître. Elle se reproche les sourires rendus aux clients, trop engageants, les bons mots et sa coquetterie. Ce n'est pas la première fois. Et elle excuse. Elle ne sait pas ou plus, n'a plus la force, elle s'effondre, coupable d'être elle-même, jolie et désirable. Elle croit être fautive des regards qu'elle suscite ; elle provoque, sans aucun doute.

Paul inspire. Marche et tourne sur lui-même. Ses mains tremblent. Il vacille. Il est responsable. De ses actes. De sa violence.

De l'inacceptable.

Il tourne encore, recule, s'il pouvait s'enfuir, ou mieux, rembobiner. C'est ça, on rembobine et on efface, les paroles et les gestes, on lisse et on oublie.

Angélique paraît si fragile.

Sa petite chose.

Son amour.

— Je suis tellement désolé, mon ange. Te savoir avec un autre m'a fait disjoncter. Je t'aime comme un fou.

Il la relève, l'étreint et l'embrasse. Il va lui faire l'amour, ça la consolera. Il caressera son ventre et ses seins pour gommer la bêtise.

Le regret le tourmente, son ange, sa femme. Il a perdu les pédales. Les larmes lui mordent les paupières. Sa gorge se noue. Il voudrait appeler Émilie et lui raconter. Lui parler de cette urgence qui l'a pris, des coups au bout des doigts et de l'envie de fracasser. Lui dire son chagrin et la honte qu'il reçoit en miroir, son passé à l'épaule. Est-ce qu'on traîne ses gènes malgré tout ?

Il ramasse Angélique et pleure avec elle.

Il l'embrasse. Et l'embrasse encore.

— Pardon.

Angélique le laisse l'envahir. Elle le reçoit et s'accroche, le tient serré contre elle, désespérée de l'avoir perdu cinq minutes – cinq ou dix, quand il est devenu un autre, habité de haine, un homme qu'elle juge ordinaire, conquérant et abusif, dont elle a reçu la main sans tendresse – une souffrance de femme. Elle voudrait pleurer pour elle, pour ses semblables, contre ces coups et ces injures. Elle pourrait partir, elle qui vient de s'installer, la tête emplie d'espoir, partir comme le conseille l'article parcouru dans *Elle* ou *Marie Claire*. Elle pourrait remplir ses cartons et ses sacs. Elle pourrait, mais elle ne peut pas, parce qu'elle croit à l'amour, à la rédemption et aux choses qui changent.

Elle se tait.

Ferme les yeux.

***

Paul ne dort pas et écoute le souffle lent d'Angélique.

Il y a six mois, il a accompagné Émilie à une marche en ville, contre les violences faites aux femmes. Ils ont défilé pendant une heure et partagé leurs convictions avec des amies à elle qui l'ont félicité d'être là. Des hommes, il y en avait peu finalement. Il s'était senti fier, mais surtout engagé dans une lutte importante à laquelle il accordait un sens, lui qui fut témoin de ses ravages, la main dans celles de ces femmes, sa sœur, sa mère, des voisines, des victimes, parfois muettes et soumises. Il a défilé en criant des slogans et vociféré contre les lâches qui tabassent, il a crié et chanté, convaincu, convaincant.

Il est une main leste. Une colère.
Il est l'un d'eux.

***

— J'ai réfléchi, mon ange… tu pourrais arrêter de travailler.

Angélique suspend son geste. Ils sont assis à table, le café fumant dans les bols, les tartines à peine beurrées, le sommeil collant encore aux paupières. Paul a brisé le silence. Elle envisage une moquerie et cherche un sourire, mais il reste sérieux.

Elle voudrait lui hurler qu'elle le déteste, lui et les autres, ces mecs qui la prennent et l'écrasent. Elle voudrait pleurer et frapper, rendre au centuple le sexe et les coups, changer de corps pour les soumettre. Elle regarde ses lèvres bouger, ses mimiques empathiques, la pitié qu'elle devine – est-elle si pathétique ? Elle voudrait des mots qui l'étreignent et consolent, un peu d'amour, du vrai, sans courbe et sans sexe, des mots profonds sur elle ; elle au-delà des masques et de l'enveloppe. *Prends-moi. Aime-moi. Moi. Moi que tu ne vois pas. Moi, cachée derrière les rires et les talons. Aime mes peurs, mes chagrins et mes peines, prends mon passé et mon histoire.*

Aime-moi au-delà de ce que tu crois. Aime-moi parce que je suis moi.

Angélique croque dans sa tartine et mastique lentement. Elle prend son temps, pèse les pour et les contre, indécise, entre l'envie de fuir et celle de persévérer. Elle imagine sa route, son fils, son avenir. Elle mâche au rythme de ses pensées… le bonheur qu'elle pourrait espérer et à la réalité, cette vie pourrie, l'école qu'elle n'a pas suivie, ses boulots de merde, ses copines, pas vraiment des copines, ses mecs, son père et sa mère. Elle pense à son fils, à ce qu'elle va lui apprendre. Il faut être fort mais pas trop, juste assez pour ne pas tomber, et puis savoir faiblir, donner et entendre. Elle lui dira tout cela, les autres et eux, les femmes, l'amour. Elle expliquera pour qu'il ne soit pas de ceux-là.

Elle s'accroche et espère.

Ne plus travailler, ce serait s'oublier.

— Comme ça, tu pourrais t'occuper de ton fils.

Elle pourrait.

Et Paul s'occuperait d'elle. Un enfant, d'autres peut-être, un appartement, un homme. N'est-ce pas ce qu'elle souhaitait ?

Elle n'a pas répondu, il n'a pas insisté. Ils sont partis chacun de leur côté jusqu'aux retrouvailles, dans la rue principale, à l'agence postale, chacun son guichet, quelques œillades, des silences.

Elle porte un jean et un pull à col cheminée, c'est moche, ça moule ses fesses et dessine sa poitrine, mais à part raboter ses hanches, elle n'a pas d'alternative. Elle baisse les yeux et sourit peu.

***

Paul n'est pas beau.

Il est laid derrière ses sourires de circonstance et sa politesse condescendante. Ses mains sont vilaines, sa peau craquelée, ses ridules figées, il est moche, son corps est moche, son moral vacillant, sa colère affleurante, si proche du dégoût, une haine de lui, de ce qu'il devient.

Il prend les missives, les estime, les encaisse. Il empile et rumine, regarde Angélique ; même décor, autre jour.

Il fuit à la pause déjeuner et va s'isoler dans le parc proche de l'agence, un banc en retrait. Le crachin s'accorde au gris de son humeur et l'enveloppe d'un manteau d'amertume.

Un ciel bas qui l'écrase et le plie aussi bas que terre.

Paul à Émilie
Je suis celui que je voulais pas être. Besoin de te voir.
Émilie à Paul
Qu'est-ce tu racontes ?
Paul à Émilie
Je peux passer à 18 heures ?
Émilie à Paul
Peux pas ce soir. Ai un RDV. Demain ?
Paul à Émilie
Ok

Finalement, il ne dira rien. Il ne verra pas Émilie, ne lui parlera pas de ce qu'il a fait. À quoi bon ? Il sait bien que c'est méprisable.

Il a acheté des fleurs et des cakes aux pralines, un gâteau pour l'enfant et des balles en mousse. Il aurait pu acheter des chocolats, un bijou, des jouets, un livre – de l'inutile, du remplissage, un pardon en kit.

Il hésite à les offrir. Mains en avant ? Après un baiser ? Un sourire ?

Il se gratte le visage et les pose sur la table. Elle comprendra.

Angélique l'interroge. Elle a disposé les fleurs dans un vase et mange les cakes aux pralines face à lui, à table, les coudes posés sur la nappe. Hésitante. Comment imagine-t-il la vie ? Comment subviendra-t-elle à ses besoins, à ceux de son enfant ? Pourquoi ? Elle le noie de questions, sceptique, sans doute méfiante et pourtant tentée. Ne plus courir, souffler, s'occuper de son fils. Elle cuisinera, entretiendra l'appartement, pourra même adhérer à l'association des parents de la commune. Elle s'imagine déjà. Elle a quelques économies qu'elle pourra partager.

Paul la rassure, convaincant, tout juste ce qu'il faut, doux et enveloppant. Depuis le temps qu'il l'attendait, lui qui n'a plus vingt ans. Elle est sa femme, même en si peu de temps, il sait, c'est elle. Il souhaite lui épargner les tracas, ne pas l'exposer au danger, « tu sais, ces hommes malintentionnés », elle, si belle et fragile. Il pourra s'occuper d'elle et de l'enfant, si elle est d'accord, les entretenir parce qu'il conçoit ainsi son rôle d'homme. Il lui prend la main et travaille son regard, le bleu étincelant, les paillettes éclatantes, presque beau. Il l'aime. N'aime qu'elle. Comme jamais.

— On n'a qu'une vie, mon ange…

Des poncifs, du mièvre, quelques évidences à l'eau de rose et la voilà qui faiblit.

Pourquoi pas ?

***

Paul marche. Fier.

Il est un homme comme les autres.

La veille, il a invité Émilie et son nouveau compagnon à dîner. Il leur a présenté Angélique et étalé leur quotidien, le meilleur, le plus beau, le plus enviable, toujours au-dessus des autres, jamais ordinaire.

Il a choisi le menu, le vin, la déco, les vêtements d'Angélique, son maquillage, dont il a banni tous les roses, et sa coiffure. D'ailleurs, il lui a recommandé de se couper les cheveux, qu'il estime trop longs, « ça ne l'avantage vraiment pas, ses grandes ondulations molles », et puis, « il serait temps de ranger ces couleurs de poufiasse ». Il a veillé à tout.

Émilie s'est réjouie de voir son frère heureux. Sa compagne est jolie, un peu ronde mais jolie, pas vraiment son style mais gentille, elle semble lui convenir. Et puis elle est attentionnée, et souriante, et agréable, elle le rend extatique, et enjoué, un peu en apesanteur quand même, mais satisfait. Elle l'envie presque. Son homme à elle est plutôt taciturne. Un monsieur muscles, un peu trop âgé, rencontré au supermarché où il assure la sécurité. Elle aurait aimé croiser un type comme son Paul. Angélique est chanceuse !

Ils ont beaucoup mangé, ri et plaisanté, sauf Gérard, l'ami d'Émilie. Il est resté silencieux. Perplexe. Il n'a pas apprécié Paul. Il n'a pas aimé son regard en coin et ses manières avec Angélique. Trop présent. Trop directif. Trop louche. Il s'est tu et a observé.

Paul avance, le pas alerte, l'humeur allègre.

Il a aimé sa soirée. Sauf ce gros con de Gérard. Il a bien vu comme il a reluqué sa femme, cette enflure, ses yeux sur sa poitrine ou sur son postérieur. Il a bien vu comme il l'enviait, ce tordu, alors qu'il arrive dans la vie d'Émilie. Un tordu, oui, assurément. Mais pour le reste, la soirée a été grandiose. Angélique a plu à sa sœur. Elle le lui a dit lorsqu'ils ont échangé dans la cuisine. Elle l'a même félicité.

Il marche. Radieux.

Angélique a démissionné.

La vie, c'est plus si moche.

C'est embrasser sa femme le matin avant de partir au travail, lui écrire des messages, rentrer manger, discuter et repartir, l'esprit libre et le corps repu, écrire encore, puis revenir. Pomponnée, elle l'attend, midi et soir, disponible et attentive, la maison rangée, l'enfant occupé, elle l'enlace et l'embrasse, l'écoute et le sert, le vin à midi, une vodka le soir ; il s'installe. C'est bon d'être là. Il le lui dit. Il l'aime.

La laideur se dissipe, chassée de son moral, comme ses idées à deux balles sur les beaux et l'injuste partage. Paul s'apaise, attaché au présent, à ces moments avec elle et avec l'enfant. À sa chance – une vraie vie, comme il en rêvait, où l'homme est un homme.

Être un homme, Paul, est-ce de lui écrire douze messages par jour, de lui répéter que tu l'aimes, que tu penses à elle et que tu la désires ?

Tu promets des vacances, à la mer ou à la montagne, tous les trois, et des week-ends en amoureux, tu projettes, tu prévois, les comptes, l'argent, c'est toi qui gères, une somme dans une boîte pour les courses et le reste, même les vêtements ou les ciseaux du coiffeur. Tu achètes des babioles – des cadeaux à ton goût que tu penses astucieux, pour elle ou son fils, tu prends du temps, tu es sincère. Heureux. D'ailleurs tu parles d'un pacs, d'une maison, d'un jardin. D'un nouvel enfant. Tu parles et elle écoute.

Angélique écoute les anecdotes de l'agence et les mots des collègues, les bruits, les mouvements – la vie extérieure. Elle partage pour de faux l'émulation, les échanges et les rires, elle qui s'ennuie et rumine. Femme au foyer, quel gag, elle en a fait le tour : les courses, le ménage, la cuisine et son fils, les séries télé et les mots fléchés. Un monde restreint. Une mort sociale. Paul invite souvent Émilie, avec ou sans Gérard, que d'ailleurs elle apprécie, le trouvant aimable et prévenant sous ses airs de gros dur. Les couples discutent, boivent un peu et plaisantent, mais le vide reste là, niché dans l'esprit ; plus d'existence, ou si peu, autre que celle d'une amante, d'une mère et d'une voisine. Mais elle, elle, seule ? Ses idées, ses opinions, l'envie de s'apprêter, des vêtements, du maquillage pour elle et pour les autres, s'amuser aussi, être utile et partager. Une clope à la pause. Un verre après le travail. Les fous rires, les engueulades. Les messes basses et les secrets. Elle crève de ses journées.

Elle se sent oubliée. Elle étouffe.

Elle n'est plus personne.

Paul la questionne sur ce qu'elle fait, qui elle voit, sensible à son quotidien. Elle brode et surjoue le bonheur, depuis quatre mois, elle ne sait pas pourquoi. Par confort, pour son fils, par habitude, pour elle ou par résignation, elle ne sait pas et s'interroge, mais brode quand même.

Ce soir, elle invente une plaisanterie avec la boulangère, l'appel de sa mère, les progrès de son fils. Elle parle du dernier livre de Marc Lévy emprunté à la médiathèque, d'un jeu télévisé et du décès d'un comédien. Elle sert le dîner et s'assoit. Elle s'est détaché les cheveux et porte une jolie robe, un tissu fin, des fleurs bleues, des bretelles et de la longueur jusqu'aux mollets. Elle s'est posé du gloss sur les lèvres et s'est ombré les paupières, elle est joyeuse parce qu'aujourd'hui, en revenant du Super U, elle a passé un bon moment, un truc de filles, sympa, autour d'un café. La voisine, cette jolie blonde, Angélique en parle, sa gentillesse et leurs échanges. De la gaieté. Elle s'extasie de sa finesse et…

Et ne voit pas venir la gifle.

La sidération.

Le silence.

Les pleurs de l'enfant.

Angélique vacille. Ses mots voudraient sortir, un cri ou une insulte, ou même un coup, réplique à la violence, mais le choc l'a saisie. Un goût de fer lui emplit la bouche. Vie de merde.

Homme de merde. Des insultes silencieuses piquées à la langue. Elle aussi pourrait castagner, comme ça, sans raison, une envie soudaine, une colère, elle pourrait boire et frapper ou frapper sans boire, avec du muscle et de la connerie. Elle frissonne. Sa joue brûle, sa lèvre saigne et elle se tait, digne, droite, brisée en dedans, comédienne au dehors, ne rien laisser paraître, ne pas faiblir. Elle étreint son fils et l'embrasse, console l'hébétement, les petites mains crispées à ses épaules, le museau dans le cou, ils se respirent l'un l'autre, accrochés à la trêve. Elle lui souffle des mots doux et voudrait le lécher telle une louve ou une chienne, l'imprégner d'elle – elle, lui, un ensemble. Sa force. Elle le mène à la chambre et le couche à ses côtés, peau contre peau, collés, soudés, deux ombres indissociables improvisant le réconfort. Fort. Très fort. « Les grandes personnes sont idiotes, ça n'excuse pas, mais elles font elles aussi des bêtises. » Elle explique. Les affres de la colère. L'inacceptable. L'irraisonnable. Elle n'a pas mal, « ne pleure pas, mon chéri, ne pleure plus », elle lui essuie les yeux et se force à sourire.

Les sanglots s'estompent puis s'épuisent.

Silence. L'enfant s'est endormi.

Elle voudrait se lever, mais ses membres restent mous. Ils la clouent au matelas, attachée à son fils, propageant leur laxité à ses hanches, son dos, ses épaules ; ils la plient. Elle n'est qu'une boule informe, affaissée et atone. Vide. Pourtant, il lui faudra se redresser.

***

Paul gratte la peau qui le démange. Une peau sèche et rougie de plaques immondes. Il gratte et patiente. La colère le ronge. Mylène. Mylène dans l'orbite de sa femme. Mylène qui va instiller son poison, ses idées sur lui, ses fausses impressions sur un homme qu'il n'est plus. D'un sourire, elle va la séduire et la détourner.

Il gratte. Attend. Gratte.

— Tu ne dois plus lui parler ! Tu m'entends ?!

Bien sûr qu'elle l'entend. Elle n'entend que lui ! Et ne voit que lui. Ses yeux bleu limpide qui la déchirent et ce rictus au coin de sa bouche, dur, si dur, fermé et effrayant. Elle ne perçoit que la rage et la menace. Se ratatine. Bien sûr, elle entend et se révolte, mais ravale et contracte. Les dents, les fesses, les mains. Les poings.

Elle hoche la tête et promet. S'excuse. Elle ne pensait pas que cette rencontre le contrarierait, ose un « pourquoi » et regrette aussitôt. Il s'emporte. Il n'a pas à se justifier car lui sait ce que cache cette femme, cette prétendue voisine sympathique, lui la connaît et lui sait ce qui est bon ou néfaste. Il l'entretient et espère recevoir un minimum de reconnaissance et entend obtenir le respect de quelques directives. C'est pour elle. Pour son bien. Il se lève et la toise, le poing fermé devant son visage.

— Tu comprends ?

Paul se couche en colère.

Ce n'est pas de sa faute si la provocation l'électrise.

Il faut qu'elle comprenne.

Que deviens-tu, Paul ?

***

Angélique omet.

Elle ne ment pas, non, elle oublie, contourne, arrange.

Elle ne parle pas des inquiétudes de sa mère, de ses visites devenues fréquentes et de ses questions indiscrètes, n'évoque pas les quelques mots échangés avec Mylène ou les rencontres avec Gérard croisé au supermarché en uniforme de vigile. Pas plus qu'elle n'expose ses quelques démarches pour trouver un emploi, même à temps partiel.

Elle va le quitter. Elle le voudrait. Y pense. Réfléchit.

Pas tout de suite.

Bientôt.

***

Assis sur une demi-fesse dans ces lieux qu'il déteste, Paul partage la graisse et le sucre d'un hamburger mal cuit et d'une portion de frites. C'est Émilie qui l'invite, sans lui avoir vraiment laissé le choix ; elle a des choses à lui dire.

Il attend la semonce, impatient, les pieds frappant le sol sur un rythme de rap, quelle merde, qu'est-ce qu'il fout là, et cette putain de sauce qui dégouline le long de ses doigts, cette malbouffe imbécile, il crispe les phalanges et disloque le sandwich.

— Qu'est-ce qui t'arrive ?

Quoi ? Mais de quoi elle parle ? Il lui arrive rien.

— Rien du tout. TOUT VA BIEN !
— T'es tendu comme un arc ! Me la fais pas, j'te connais !

Il n'est pas tendu, seulement il n'aime pas être contrarié et Angélique, parfois, le contrarie. Mais n'est-ce pas tout simplement la vie de couple ? Se côtoyer chaque jour et s'accommoder des défauts de l'autre, le poing dans la poche, la langue tournée sept fois dans la bouche. N'a-t-elle pas, elle aussi, des griefs contre son Gérard ? Paul s'agace et regrette d'avoir pris un dessert.

Émilie insiste, l'excède. Il souffle et s'emporte. Ne voulait-elle pas le voir tourner la page de son amour malheureux ? Ne lui conseillait-elle pas de trouver une femme à sa mesure ? Angélique est la femme de sa vie, mais il y a des détails qui le chagrinent, des petites choses à changer, comme cette tendance à la drague ; elle le provoque et le met sur orbite.

— Et qu'est-ce que tu fais ?

Rien.

Si peu.

Tant.

Il garde le silence et ordonne son plateau, l'emballage de frites plié dans celui du hamburger, la paille à droite, le gobelet à gauche, il lisse sa serviette en papier, baisse les yeux, affairé. Rien. Il ne fait rien.

Elle le regarde.

Sait. Se tait.

Ils s'embrassent devant le fast-food, chacun vers sa vie, elle auprès de son *abruti* de vigile, lui ébranlé. Ils jouent les joyeux, le mal au bide, sans vouloir gratter le vernis.

Ignorer, c'est se protéger.

Elle marche vite jusqu'à sa voiture.

Il va faire un effort.

Il va faire un effort.

Il va faire un effort.

Ne plus s'emporter. Respirer. Écouter. Comprendre.

Plus jamais il ne lèvera la main.

— Je te le jure, mon ange.

Le ton est sincère, à peine soutenu d'un léger trémolo dans la voix. Un sourire et une main tendue ; Angélique croit à la fable, soulagée de ne pas remettre en question l'existence à laquelle elle aspire. Elle aussi fera des efforts, comme ne porter que des pantalons et des chemises dont elle fermera le col, des couleurs sombres, des matières sans paillettes. Elle se coupera les cheveux puisqu'il aime et maîtrisera ses boucles, oubliera le rouge à lèvres et les fards à paupières.

Elle ne se reconnaît plus, mais accepte, estimant l'effort minime, même si sa mère lui affirme le contraire ou que Gérard, croisé plusieurs fois, s'étonne de la disparition des couleurs. Elle compose. Tout doit fonctionner.

Mais l'ennui persiste. Ces journées interminables. Comme si changer de costume pouvait suffire ! Elle n'en peut plus, des ateliers de perles et de couture du club de la commune, où les cancans chargés de médisance l'épuisent. Elle voudrait s'échapper. Travailler. Discuter. Des vrais mots, de vraies idées. Son moral est plombé et elle boulotte du Nutella, s'isole, minée de ne pas y arriver. Mauvaise femme. Mauvaise mère. Le concept la tourmente alors qu'elle voudrait s'y plier, trop fière peut-être pour céder. Elle peste. Et culpabilise, la cuillère au fond du pot.

Son sourire s'efface le matin, quand Paul s'en va, et ressuscite pour son fils, puis s'éteint de nouveau, dessaisi d'une attache sociale. Elle s'étiole alors, elle d'ordinaire si joviale, et se prend à rêver d'un changement.

Sa mère se fâche. On n'a que ce qu'on mérite – « secoue-toi ! » –, elle raille cette petite vie, l'homme et les choix qui n'en sont pas. « Ma pauvre fille, bouge au lieu de te vexer ! »

***

Angélique lit les annonces et appelle les agences d'intérim. « Pour n'importe quoi, oui, n'importe quel poste. » Il faut qu'elle se reprenne.

— Je pourrais peut-être retravailler un peu… peut-être à mi-temps ?

Paul la regarde, les yeux écarquillés, le verre en suspens. La vodka coince. Pourquoi voudrait-elle travailler ? Pour confier l'éducation de son fils à une autre ? Pour courir toute la journée comme ces femmes débordées ? Pour faire foirer leur couple ? Il ne comprend pas. N'est-elle pas heureuse ainsi alors que tant l'envieraient ?

Il inspire, expire, la cage thoracique dilatée. L'air s'infiltre et se répand, ventile, charriant l'agacement dont il distille les particules. Ça pèse. Ça irradie. Il lutte.

— Quel genre de travail ?
— Je sais pas. Secrétaire, assistante d'éducation, hôtesse de caisse !
— Mais il faut avoir de la jugeote pour ces boulots !

Qu'est-ce qu'elle imagine ? Des filles comme elle, y en a à la pelle ! Paul respire par la bouche, de grosses bouffées d'atmosphère qu'il avale pour brider le fiel, le maintient et comprime. Il voudrait soulever la table et briser les verres. Ravaler son air angélique. Angélique, la fausse ingénue. Elle veut sortir et voir du monde. Bien sûr. Il n'est pas dupe. Il se ressert une vodka et la boit cul sec. Ses mains tremblent, son corps s'agite.

— T'es quand même pas super intelligente !

Un troisième verre qui suit le deuxième. Son gosier flambe.
Merde ! Il n'est pas sympa.
Il faut qu'il sorte, qu'il marche et prenne l'air.
Il claque la porte.

Le froid lui cingle le visage et lui glace les extrémités ; marcher devient une épreuve. Il insiste, se dégrise et souffle sur ses doigts. Ses orteils raidis craquent sous ses pas. Il voudrait progresser mais s'enlise. Glisse. Se rattrape. Son corps prend la tangente, deux foulées vers la droite, attiré par une vitrine embuée de l'air d'autres tocards. Des poivrots collés au zinc pour garder l'équilibre. Paul n'hésite pas, pousse la porte et les rejoint, ces hommes comme son père, ces ratés, ces violents. Il les bouscule un peu et les salue. De sa poche, il sort les billets d'une fausse amitié et offre sa tournée. Il les soûle davantage et se délecte de les observer, lui qui se veut différent. Il écoute le monde qui se refait dans les bouches hésitantes et les débits ralentis, ose un « et les femmes » juste pour rire. Écoute.

Les paroles ravivent ses souvenirs. Sa mère, ses sœurs. Comment être un homme ? Il reprend une vodka et gobe le shot. Voudrait en boire un autre. Renonce. Un homme le regarde. Un homme dur, petit, chauve, dont il distingue le reflet dans l'inox du percolateur. Ses yeux le transpercent. Ils sont bleus comme ceux de son père, même forme, même intensité. Mêmes reproches. L'homme tient un shooter comme lui, les doigts crispés comme lui, la mine brique, l'haleine chargée. Paul vacille. Son image.

Nausée. Trottoir. Vomissements.

Il se déteste.

S'essuie la bouche d'un revers de manche et se redresse. Un pas, puis deux, la carcasse en avant, il marche.

À l'appartement, c'est un silence qui l'accueille et, malgré l'obscurité, il distingue l'ordre de la cuisine. Angélique a rangé, a dû l'attendre et finalement se coucher. Elle dort.

Il aimerait secouer son épaule, qu'elle ouvre les yeux, qu'elle l'entende. Il voudrait raconter son périple dans les rues de la ville, son arrêt au bistrot, l'homme dans le percolateur, les discours des ivrognes et la honte. Parler de ses doutes et de ses questionnements. Lui dire qu'elle est belle, merveilleuse, idéale. Et puis, lui narrer sa vie.

Les mots bordent ses lèvres, presque à les franchir, enfin, vider les émotions et purger les silences, dire les raclées et la trouille, les femmes, sa mère, Léa, Mylène, parler du beau et du moche, des miettes et de l'injustice. De sa colère aussi.

Mais il se couche et ferme les yeux.

***

— Tu aimerais revenir à la poste ? Je pourrais peut-être arranger le truc.

Angélique relève le peigne des cheveux de son fils. C'est le matin. Elle pense que Paul se moque, encore un jeu débile ou une provocation, une mèche qu'il allume pour un prétexte. Elle hésite à répondre. Le petit s'agite, inquiet.

Elle ne veut pas travailler avec lui, surtout pas, ni même dans la même ville. Elle ne veut pas de son regard, de son aide ou de ses remarques. Ce travail, c'est pour elle, pour son autonomie. Un espace dans lequel il n'est pas, sans contrôle, tel un lieu de sûreté. Son univers propre. La liberté d'un possible départ. Au cas où.

Elle n'ose prononcer à voix haute les pensées qui l'agitent. Ne pas déclencher la colère. Ménager l'échappatoire. Elle peigne son fils et le câline. Réfléchit. Peut-elle dire que Gérard lui a parlé d'une campagne de recrutement au supermarché ? Doit-elle parler du *curriculum vitae* qu'elle a déposé par son intermédiaire ? Du coup de fil qu'elle espère ?

— Je… je pense chercher ailleurs…

— Mets-toi au régime alors !

Paul a dit ça ! Cette méchanceté gratuite, vicieuse et inutile, comme une gerbe malfaisante échappée du bide, là où sa frustration se nourrit. Il ravale la bile et la honte, ajuste son col, enfile son manteau et quitte l'appartement.

Angélique encaisse et regarde le miroir, un petit coup d'œil, puis un vrai regard, elle soulève les bras et estime sa taille ; les kilos se sont accumulés, ses hanches ont poussé, le pull plisse, le legging se tend sur les fesses, de vilains plis. Elle en pleurerait.

L'agence lui paraît vide.

Il voudrait qu'Angélique entre, essoufflée par sa course, les cheveux emmêlés, qu'elle le regarde et esquisse un sourire, complice et discret, un instant arrêté, rien qu'à eux. Elle retirerait son manteau. Il imagine sa voix et son rire, ses formes dessinées sous le chemisier, la peau caressée des yeux, convoitée jusqu'au soir. Il regarde la porte et attend, puis se raisonne. Elle est à la maison, sans doute brisée par sa remarque. Mais qu'est-ce qui lui a pris ?

Il salue, compte les billets des livrets, vend et ressasse. Angélique lui échappe. Il n'est pas dupe. Pourrait-elle le quitter ? L'éventualité le choque. Les autres pourraient en rire, certains de leur supériorité, satisfaits de le voir choir au rang des mal-aimés, là où est sa place. Ils ricaneront dans son dos ; bien fait, pour qui se prenait-il ? Paul s'énerve. Il doit réfléchir, trouver une parade, enrayer l'inéluctable, lui, le moche dont la vie a longtemps patiné. Il doit la flatter et l'embobiner de mièvreries. Colmater la brèche. Se l'attacher. L'épouser. Oui. L'épouser ! Les femmes rêvent toutes de se marier. Il va faire sa demande. Bouquet de fleurs, bague et resto romantique.

Le poids s'allège, les vignettes adhèrent avec entrain sur les missives, *hop ! hop ! hop ! au revoir m'sieurs dames, au plaisir !*

Il accélère le pas, les semelles touchant à peine le sol, il vole, léger et perché, vers elle, cette nouvelle vie qu'il imagine déjà. Il vient de passer à la banque, virer des économies sur son compte, deux mille euros pour une bague en diamants. Émilie l'accompagnera demain pour choisir la plus belle, imposante et brillante. Angélique doit partager son bonheur et exhiber sa chance. Narguer les Léa et les Mylène.

Il marche, sans voir Gérard quitter le parking.

Angélique l'accueille à la porte. Pomponnée, cheveux lissés, elle a mis sa robe bleue ajustée à la taille. Elle veut essayer encore, qu'ils soient heureux comme les mois derniers, avant qu'ils se heurtent. Elle va reprendre du début, travailler et sortir. Équilibrer leur histoire. Elle y croit ; les démons et les mauvais souvenirs, ils les chasseront. Elle sera patiente. Elle l'embrasse. Sourit.

— J'ai une nouvelle à t'annoncer !

Paul s'emballe aussitôt.

Un enfant.

Elle va lui annoncer une grossesse, un tout-petit qu'ils vont choyer, une chambre à préparer. Il pense à l'espace trop exigu, à la maison qu'ils vont chercher, ou un appartement plus grand, à la campagne, loin de la pollution, le jardin et l'école à proximité. Il louera celui-ci. Son cœur explose d'un bonheur inespéré, ses mains tremblent. Il attend les mots. Le secret. La nouvelle. Il respire un grand coup. Comment n'a-t-il pas deviné ? Ses seins pleins, ses hanches rondes, ses humeurs versatiles. Et sa fatigue. Cette fatigue qui la terrasse sitôt couchée. Combien de soirs s'est-elle refusée ? Il aurait dû réfléchir. Il attend, fébrile.

Elle le nargue à virevolter dans sa jolie robe. Elle babille.

Il attend.

Écoute.

Attend.

— J'ai un travail !

En détail, elle lui relate l'entretien, le piston de Gérard, la formation et l'espoir d'une embauche en CDI. Ses bras font de grands gestes et moulinent la joie. Elle débute dans trois jours, un poste aux caisses, des horaires un peu difficiles mais c'est pour commencer. Le salaire est correct. Se rend-il compte ? Un emploi. Gérard l'a bien aidée. Ils pourront partager les frais du quotidien et économiser pour partir en vacances.

Elle jacasse. Encore et encore.

Elle l'assomme.

Le tue.

Paul réfléchit dans l'urgence. Respire, petit. N'entend plus. Il faut réagir. Couper court. Reprendre la main.

Il transpire dans son pull en cachemire, le retire. Il s'essuie le front et le haut du crâne, où ses rares cheveux collent. Ça l'agace, ce corps qui suinte. C'est moche, ça pue. Il enlève sa chemise et reste en tee-shirt. Il cherche du temps – un répit à sa déception. Il feint la désinvolture, hoche la tête et s'oblige à sourire. Bien sûr, il est content. Évidemment.

— Et si on se mariait ?

Pas de fleurs, pas de bague, ni de dîner aux chandelles. Tant pis !

Il agit vite. Ravale la boule logée dans sa trachée. Douloureuse.

Mal.

Mal-être, mal d'amour, mal vilain, mal au cœur, mal de vivre.

Il peine.

Angélique ne bouge plus.

Il voudrait qu'elle comble le silence, même un mot, un tout petit mot, mais elle est là, figée, les bras sans danse, les jambes droites. Paul s'effondre. C'est dedans que cela le saisit. Un chagrin immense qui le brise – corps, cœur, envie – et le ratatine telle une pièce grillée au chalumeau, les muscles racornis, les veines sèches. Il suffoque. Elle hésite. Qu'elle parle, nom de Dieu !

Non ! Qu'elle se taise. Il sent le refus qui va poindre, il est dans son regard, ses yeux qui fuient vers la porte, le mur, puis qui reviennent, cherchent du temps, hésitent. Elle construit une excuse, la garce.

Il disjoncte.

Le premier coup saisit sa pommette, le second sa mâchoire. Elle tente d'esquiver, en vain, ramasse une gifle, une griffure, un poing. Il tient ses cheveux et tire en arrière, frappe encore, son visage et son ventre. La secoue. L'arcade et le nez saignent, les lèvres gonflent, les dents claquent. Sur son corps, elle pose les mains, les bras en arc de cercle, le dos rond, le cou fléchi. Elle encaisse et se tait. Pense à son fils resté chez sa mère puisqu'elle imaginait inviter Paul au restaurant. Et si elle mourait là, maintenant, si l'enfant poussait sans mère, si les coups l'achevaient, si son corps craquait, son cœur, si elle n'était plus la même, l'aimerait-il encore ? En silence, elle pleure. Des gouttelettes rouges s'éparpillent sur le sol et ses jambes, sa jolie robe.

Et les coups cessent.

Soudainement.

Une tempête, puis le silence.

Paul quitte la pièce et revient aussitôt.

Il fait de grands pas, tourne sur lui-même, s'arrête, paralysé par sa douleur. Atroce. Elle perfore son abdomen et écrase le foie, déverse la bile, comprime le myocarde. Elle souffle dans son air et presse sa trachée. Il étouffe. C'est la honte qui le nécrose. Il voudrait détourner le regard, mais ne voit qu'elle, son ange, forme ramassée teintée de rouge, de noir et de bleu. Il perçoit les larmes et en reçoit les spasmes en pleine conscience.

Dans le mille. Touché-coulé. Noyade.

L'air manque, la mâchoire se contracte. Et le chagrin explose, tel le jaillissement soudain d'un cratère qu'on croyait endormi ; il se déverse en coulées épaisses et expiatrices. Des larmes, enfin, d'un malheur contenu. Paul pleure, lui qui ne voulait plus pleurer depuis les derniers coups, un soir de novembre, quand il avait treize ans ; un soir où il avait rendu, œil pour œil, dent pour dent, lui petite chose chétive devenue aussi forte qu'un héros de la télé. Ce père alcoolisé et titubant, ce raté à vomir, il l'avait fracassé de toute sa haine et sa rancœur. Fallait le buter, ce taré, l'envoyer à la terre avec les ramassis de son espèce, le neutraliser une bonne fois pour toutes. Il avait frappé fort, poings, pieds, avec élan et volonté, jusqu'à la main qui l'avait arrêté. « Tu peux pas faire ça », avait dit Émilie, « tu vaux mieux que ça. » Il a donné encore une beigne puis a craché. « Pas de prochaine fois sinon je te tue pour de vrai. » De prochaine fois, il n'y en a pas eu. Ils se sont côtoyés sans mot.

Alors pourquoi ? Pourquoi cette violence ? Cette colère. Pourquoi ne se contient-il pas ?

Paul s'effondre, là, à ses pieds.

Son ange, sa plus belle rencontre. Sa vie. Il l'étreint et la serre.

— Mon ange, mon ange… je vais guérir… Cette violence, c'est pas moi.

Il l'étreint fort, la berce. Pleure.

— Pardon… pardon… pardon…

Angélique est lasse.

Elle entoure Paul et l'amène à elle, le cale sur sa poitrine, la peau douloureuse, les os sensibles ; elle le pose comme un enfant, prend ses sanglots et les apaise. Sa fatigue est immense. L'envie, défaillante. Elle lutte pour ne pas choir. S'enrouler sur elle-même et se plier vers le dedans, vide. Sa tête sonne, ses yeux se ferment. Le sang sèche, laissant des croûtes au coin des lèvres et sous les narines.

L'œdème tend ses pommettes. Elle devra se maquiller. De l'anti-bleu, de l'anti-noir et du courage. Le courage du silence et du mensonge, les sourires factices, la joie artificielle.

Elle va composer. Encore.

Encore un petit peu et elle partira.

Paul se redresse et dépose des baisers sur ses joues. Il s'excuse à nouveau et caresse ses cheveux. Il l'aime, d'un amour fou, d'une passion folle, il l'aime à en crever. Il se lève et prend un linge humide, avec lequel il essuie le sang et les traces d'eye-liner, tente d'effacer ce qui ne s'efface pas. Il pleure encore. L'embrasse encore. S'excuse encore. Elle reste silencieuse.

Il l'aide à se coucher. Sa robe est déchirée. Il la borde et la cajole de gestes tendres. Il voudrait qu'elle le regarde, mais ses yeux se détournent.

Paul tourne, se lève, s'assoit, tourne.

Il boit.

Paul à Émilie

Faudrait pouvoir rembobiner…

Émilie à Paul

Quoi !?

Paul à Émilie

C'est dans les gènes. T'as raison, ça va pas.
Émilie à Paul
T'es où ? J'arrive.

Émilie entre comme une fusée. Elle bouscule Paul et s'immobilise dans l'entrée. Sa bouche disparaît en une ligne crispée sur son visage, la ride du lion se marque. Ses yeux l'interrogent. Qu'a-t-il fait ? Mon Dieu, qu'a-t-il fait ? Elle espère apercevoir Angélique, dans le salon ou la cuisine, même une silhouette ou une ombre, la voir debout et souriante. Indemne. Les mains de son frère signent le méfait, elle sait, inspire, s'agite. Qu'a-t-il fait ?

— Où est-elle ?

« Le salaud ! Le salaud ! »

Émilie aide Angélique à se redresser, l'aide à s'asseoir, l'aide à tenir. Elle la conduit à la salle de bains et l'installe dans la baignoire, qu'elle remplit d'eau chaude. Elle lui masse les épaules et le dos. Voudrait faire plus.

Angélique reste centrée sur son mal, en silence. Les mots demeurent en surface sans l'atteindre, pas plus que les mains qui la touchent. Elle s'isole et se barricade. Elle va appeler sa mère et lui demander de garder son fils quelques jours, prétexter un virus qu'elle ne veut pas transmettre. Elle ira au travail comme prévu dans trois jours afin de ne pas manquer l'opportunité d'une indépendance devenue précieuse. Elle s'arrangera pour se soustraire aux questions, inventera une chute dans l'escalier et ignorera les sceptiques. Elle planifie et organise. Compte. L'argent. Le temps. Le panel des possibles. Elle ne portera pas plainte.

L'eau refroidit. De la baignoire, elle s'extirpe seule, repousse Émilie – elle sait qu'elle s'angoisse pour son frère, ce n'est pas une alliée – et va se coucher.

Elle reprendra demain le cours normal de sa vie.

Elle fera comme si la veille n'avait pas existé.

***

Paul regrette la présence d'Émilie.

Il endure son silence. Elle attend et tapote l'accoudoir du canapé de petits gestes nerveux, un peu excédés, telle l'institutrice attendant une excuse pour un devoir non rendu. Il ronge l'ongle de son pouce et s'applique à retirer les cuticules disgracieuses. Il sait qu'il l'agace et espère l'inciter à lever le camp. Que pourrait-il justifier de toute façon ?

Rien. Nada. Que tchi.

Il est une merde piétinant les principes, un contre-exemple, un contre-amour et un lâche. Il a frappé par fierté, par dépit, par stupidité, violent pour la violence, comme si les coups pouvaient gommer une frustration. Quel con ! Pourtant, il sait. Il a lu les articles sur les pervers narcissiques, les maltraitances, les femmes battues, les associations, a vu des reportages et, malgré tout, oublie quand ça l'arrange.

Il n'a pas d'excuse.

Le contour de son pouce saigne et Émilie le regarde. Elle ne dira rien, Paul la connaît. Elle jugule sa colère et retient ses mots, son envie de le gifler aussi, et même davantage. Elle respire fort et gonfle le thorax, puis souffle par la bouche l'air chargé d'orage. D'un geste sec, elle se redresse, époussette son pantalon et se lève enfin. Paul s'apprête à l'accompagner, mais d'un regard noir elle le dissuade. Il se rassied. La porte se ferme.

Le silence le plombe.

Elle aurait pu l'engueuler ou le rassurer, partager les mots d'Angélique, lui décrire les traces de son méfait, lui dire que tout ira bien même si ce n'est pas vrai, ou un peu quand même. Il aurait voulu qu'elle lui parle et qu'elle lui prenne la main, comme lui l'avait fait pour calmer ses chagrins. Les femmes l'abandonnent. Il les gâte et les chérit et elles, elles s'égarent dans des attentes auxquelles il ne peut répondre.

***

Il ressort ses carnets. Depuis des semaines, le quotidien ne s'y trace plus. Il faut qu'il s'occupe.

Un fusain, des ciseaux, il dessine et découpe. Un visage, un corps, des ombres. Des marques sur une silhouette qu'il maltraite. Il noircit les pommettes et les tempes, obscurcit le cou et la gorge, laisse l'empreinte de ses doigts, à peine une trace, légère et subtile, telle une ombre passagère. D'un coup de ciseaux, le corps se déboîte, haut-bas, il penche, se plie, les bras au sol. Paul froisse et rabat le papier. Il colle le chiffonnage, l'écrase entre les pages, serre puis rouvre. La ligne de son ange noir et molesté, des cicatrices aux plis, des taches en surface – ses coups, ses coups de merde, ses coups de lâche. Il a presque envie de pleurer à nouveau, mais n'a plus de larmes, pris dans sa colère. Contre lui, les autres, cette foutue vie. Il peste et crache, étale sa salive sur cette maudite image qui le percute et le sonne. Le pâté s'imbibe, crayon, miasmes et ciseaux, Paul détruit.

Il va dormir sur le canapé. Ne va pas rejoindre Angélique. Elle dort. Ça le rassure.

Un court instant.

Il se sert un verre. Un autre. Vodka. Gin. Whisky. Un doigt de soda.

Et vomit.

Le jet frappe la cuvette des toilettes.

Il tire la chasse. Ça part dans les canalisations, hop ! Happé par l'eau, mélangé et purifié. Ni vu ni connu. On efface, on repart. La honte se mêle à l'eau, s'oublie et se laisse avaler.

Paul respire. S'essuie la bouche. Il va repartir.

Son ange comprendra.

Il lui expliquera.

Un peu. Sans entrer dans les détails. Il ne veut pas tout dire, ne peut pas, il a tourné des pages. Son père mort, les coups oubliés, sa sœur aimante ; la vie tourne. Le bonheur était là. Angélique doit comprendre. Elle doit comprendre parce qu'il faut que ça marche, eux, le couple idéal, beaux au-dedans et dehors, amoureux et complices.

Le sommeil le fauche aux frontières de l'ivresse, il plonge dans une nuit peuplée de cauchemars. Il geint et s'agite, ses paupières clignotent sous l'assaut des images, ça l'effraie, le réveille, le lève. Il soupire, se recouche, les pieds en travers, le corps pelotonné dans un plaid trop court et trop fin. Et le film reprend – pas de répit, les images sont en boucle, passé-présent, tout se mêle, s'agglomère et se digère. Il supporte, c'est sa croix.

À l'aube, il entrouvre la porte de la chambre. Angélique dort encore, le souffle régulier, tournée vers le mur, immobile. Paul hésite, fait un pas, puis se ravise.

Angélique l'a senti approcher. Ne pas l'affronter. Ne pas discuter. Qu'il aille au diable ! Lui et les autres, ces mecs gonflés de testostérone irrespectueuse. Elle n'en peut plus de soumettre son sexe, de n'être qu'un objet qu'on piétine. Elle garde le silence. Ne rien partager. Son corps la heurte, les bras, la poitrine, le visage. Il lui rappelle l'indicible, à chaque seconde, ce contre quoi il faut se battre – ce qu'elle aurait dû prévoir ; il était pourtant si gentil. Elle a honte de s'être trompée. Quelle godiche ! C'est tout elle.

Elle reste silencieuse, emmitouflée dans le lit, statique, attendant qu'il reparte. Elle ignore quoi faire. Se taire ou parler. À qui ? Émilie est venue, puis est repartie. Sa mère ? Pour entendre la même rengaine ; ce sera de sa faute, « elle aurait dû, elle aurait pu » – une culpabilité qu'elle va prendre en pleine face. Se taire. Accepter. Partir. Rester. Son esprit mouline autant qu'il souffre. Elle voudrait pourtant dormir.

Elle attend qu'il parte et se lève.

Le miroir écrit ses bleus, les œdèmes et la plaie de sa lèvre. Ses traits sont tirés, son teint cireux. Elle tâte la chair et grimace. La douche est une épreuve. Elle laisse l'eau s'écouler sur sa nuque, son dos, espère en détendre les muscles. Ses larmes se mêlent au jet tiède. Elle ne dira rien pour qu'on ne se moque pas d'elle, ni qu'on la plaigne ou la conseille. Elle ne veut rien entendre de ces formules jetées au visage comme s'il suffisait de trancher – un mode d'emploi transposable d'une histoire à l'autre escamotant la complexité d'une relation.

Elle veut du silence.

Elle s'essuie et s'enduit le corps de crème apaisante à base d'arnica et de calendula. L'odeur lui rappelle son fils. Elle ne pleurera pas. Elle inspire un grand coup et gonfle le ventre. Se coiffe. Respire.

***

Paul ne va pas à l'agence.

Il marche dans le parc mouillé du jour qui s'installe, un peu brumeux, pas vraiment chaud. Il file, les mains dans les poches, dans les courtes allées, oubliant la bruine qui le transperce. Il ne veut pas affronter le regard des autres, comme si son méfait pouvait se lire sur son visage ; ils verront et sauront, chuchoteront dans son dos à propos des marques sur ses phalanges, de son air coupable. Tout l'accuse jusqu'aux mots qu'il ne pourra taire, les « va te faire foutre » ou les « occupe-toi de ton cul ». Il ne retiendra rien pour mordre le premier, avant la curiosité de ceux qu'il côtoie, il agressera, certain de couper court ; encore des coups, virtuels peut-être, mais des frappes quand même. Il veut l'éviter.

Ses foulées sont grandes et martèlent le sol, presque une course, une envie de s'abrutir dans l'effort, jusqu'à perdre haleine, souffrir d'un point de côté, tirer sur les bronches. Il maltraite son corps, les muscles des cuisses, les tendons des chevilles ; il voudrait avoir mal à pleurer comme un gosse. Comme elle. Comme hier.

Comment a-t-il pu ?

Il avance puis s'arrête. Appelle et pose un congé.

***

Une idée folle. Ça l'a pris comme ça. Il roule vers la mer, sans prévenir personne, sans même y penser, et avale les kilomètres. Il s'enfuit au gré des échangeurs et des rubans de bitume, les pancartes restant floues, le lieu incertain. Il va voir la mer, peu importe où et comment, pourvu qu'il s'échappe.

***

Angélique repose son portable.

Elle ne répondra pas plus à ce message qu'aux précédents, irritée par l'insistante sollicitude d'Émilie. C'est une fausse inquiétude, probablement motivée par la crainte d'un dépôt de plainte. Qu'elle aille au diable, elle et tous les autres.

Angélique veut rester seule, vraiment seule, pour la première fois, dans le silence – les souvenirs remisés au sous-sol, la tête claire, pour enfin s'approprier l'idée de son importance. Les coups l'ont saisie et révoltée. Elle n'est pas que *ça*, ne le sera plus, cette femme faible qu'on baise, tourmente et maltraite. Elle n'est plus cette enfant qu'on range dans un coin – pas de vague, pas de bruit –, ne sera plus la compagne des losers, pas plus que celle des narcissiques ou des frustrés de l'existence.

L'amour s'arrime au respect des idées, des couleurs et des différences. *(Facile. Évident. Et pourtant.)* Il grandit sur l'envie d'être deux, semblables et contrastés, sans violence et sans force, juste posé sur l'estime parce qu'on s'éprend sans comprendre, des cellules à l'esprit, conquis par stupeur ; une alchimie inexpliquée. Peut-être une odeur. Ou un sourire. Un truc qui retourne. Les sentiments. Mais pas de coups. Jamais.

Mauvaise écriture. Mauvaise histoire.

Angélique reprend les principes. *L'amour, c'est... L'amour, c'est...*

On répète.
Elle vaut plus que *ça*.
Elle est importante.
On répète.

Sur son ordinateur, elle saisit les mots clés de sa recherche : « homme violent ». Sa main tremble.

Entrée – Google affiche.

« Ces hommes violents et manipulateurs : comment les reconnaître ? »

« Violences conjugales : soigner l'homme violent – Lien social »
« J'étais un mari violent et je ne le savais pas – Psychologies.com »
« Violences conjugales : six règles à suivre pour s'en sortir »
« Un homme violent peut-il changer ? »

Elle clique.

« **05 juill – Biboo27** – Bonjour, je me demande si un homme violent peut changer. Je vis depuis six mois avec un homme qui s'emporte très vite dès qu'il est contrarié. Depuis notre rencontre, c'est arrivé plusieurs fois. Il me gifle, m'insulte et parfois me contraint à avoir des relations sexuelles même quand je refuse. En dehors de ses crises, il est gentil et prévenant, même s'il est assez autoritaire et jaloux. Il veut contrôler tout ce que je fais et c'est dès que je m'oppose un peu que ça dégénère… »

« **05 juill – Sirene24** – Bonjour Biboo27 – N'attends pas d'un homme violent qu'il change ! Barre-toi avant qu'il soit trop tard… »

« **05 juill – Marthe** – Bonjour Biboo27 – L'expérience montre qu'il est difficile de changer un homme violent, mais pas impossible. MAIS il faut que l'homme soit conscient qu'il EST le problème et qu'il soit dans une démarche volontaire. Il doit être convaincu qu'il a besoin de soins et être prêt à suivre une thérapie longue et difficile. Rapproche-toi des associations, elles peuvent t'aider. Et courage… »

— -- --- ---

« **Syrine** – Mon mari me dit qu'il m'aime. J'ai envie de retourner avec lui et de lui faire confiance, mais la dernière fois, il a tenu un mois avant de se remettre en colère. Je suis perdue. »

« **Lamer25** – Si tu retournes avec lui, t'es foutue. C'est quand même pas compliqué de faire le choix de le quitter et de s'y tenir ! Je suis chaque fois hallucinée de lire qu'on a envie d'y retourner ! Vous êtes maso… »

« **Coraline3232** – C'est pas si simple ! »

« **Lamer25** – Arrêtez de raconter des conneries. On part et puis c'est tout ! Après, faut pas vous plaindre qu'il recommence ! Un mec violent reste un mec violent ! »

---

1 – Comprendre que vous êtes une victime. Ce n'est pas de votre faute !

2 – Ne pas rester seule et en parler.

3 – Apprendre à se défendre.

4 – Rester indépendante.

5 – Le quitter.

D'un geste vif, Angélique rabat l'écran du PC après avoir noté les adresses des associations et d'un centre d'accueil pour les auteurs de violences conjugales – *L'atelier* – dont les principes thérapeutiques se basent sur une démarche active et volontaire. Elle a griffonné leurs coordonnées sur une feuille qu'elle relit. Puis chiffonne.

Elle voudrait appeler sa mère. Elle aimerait qu'elle la plaigne, l'embrasse et l'étreigne, qu'elle la berce et souffle sur ses plaies, des baisers magiques, des gommes à miracle.

Elle voudrait une pause dans le tourment de l'existence, que tout soit moins moche, sa vie, les actualités, le monde.

Elle défroisse le papier et le glisse dans sa poche.

***

Paul suit la direction de l'océan ; il n'a plus envie de rouler. Il ne voit plus les routes qui zigzaguent, le soleil au zénith, l'indigo de l'azur crevé de nuages. Il avance – quatrième, cinquième, on rétrograde, on reprend, on tourne, encore quelques mètres, du bitume, des virages et enfin le village ; une place, des ruelles et, plus loin, la vue sur la mer qu'il ne regarde même pas.

***

Dans la chambre d'un petit hôtel dégoté au croisement de deux venelles, Paul dépose les quelques effets jetés à la hâte dans un sac ce matin. Il découvre un pull et des chaussettes, trouve un slip, cherche sa trousse de toilette et peste d'avoir oublié sa brosse à dents.

Foutue valise, foutu endroit, foutu monde !

C'est tout qui part en cacahuète, de sa nuit à sa fuite, de ses mains qu'il n'a pu retenir, sa rage incontrôlée, son ego lamentable, sa situation, là, dans cet hôtel de merde, sans même avoir de quoi se laver les dents. Il pleurerait de colère à défaut de chagrin, bien que du chagrin, il en ait, intense et profond, couplé à la honte.

Il claque la porte et dévale l'escalier, ignorant la sonnerie de son portable au fond de sa poche. Les murs sont laids, les moquettes, élimées, et ça pue le renfermé. Il voudrait un verre de vodka et une cigarette.

Prendre l'air.

Trouver un banc.

Regarder la mer.

***

À la porte, Gérard frappe des coups secs et impatients.

Angélique s'affole ; elle le trouve envahissant.

Elle n'aurait jamais dû accepter son aide pour obtenir ce travail au supermarché. Il semble maintenant attendre son dû, appelle et la presse de lourdes allusions – ses courbes aguichantes, ses fesses tentatrices, toujours la même rengaine, ces regards qui glissent, sales et gras, sur la peau ; la perception de son corps qu'on sépare de la pensée. L'idée l'écœure. Son corps l'écœure. Sa chair, ses formes, ces tissus gorgés d'une sensualité qu'elle exècre. Un piège à gogos. Un carcan.

Paul semblait si différent. Il semblait l'aimer.

Du bout des doigts, elle effleure l'œdème sous son œil, sa pommette rouge et tendue, sa lèvre fendue, et reste silencieuse. Elle incline la tête vers la porte où le bruit persiste. Gérard l'appelle. Il sait tout, les coups, les bleus, ce con de Paul, il savait bien qu'il était pas net. Faut pas la lui faire, à lui, il a tout de suite compris que les choses n'allaient pas. Faut qu'il la voie, qu'il lui parle, qu'il constate de visu que tout va bien. « Ouvre-moi ! »

Elle espère encore qu'il va partir, se tait et patiente. En vain.

Cède.

L'entrebâilleur attaché, elle ouvre, se positionnant de biais dans l'ombre du chambranle.

— Tout va bien… Laisse-moi.

Elle referme. Clac. Un geste sec sur cette face compatissante soudainement muette.

Il faut qu'elle se secoue. Qu'elle prenne une décision. Qu'elle soit forte. Qu'elle s'en sorte. Qu'elle rentre le ventre et camoufle sa poitrine. Qu'elle oublie les paillettes. Qu'elle devienne invisible. Qu'elle…

Elle pleure.

Gérard l'entend.

***

Paul a acheté une brosse à dents.

Le bourg l'intrigue. Proche des grosses stations balnéaires, sur l'océan, avec bateaux de pêche et tout le tralala, peuplé de vieilles âmes rigides et austères, il semble figé hors du temps. Paul mesure ses gestes, pas vraiment à l'aise. Il se sent observé, entend presque les messes basses – des courants de mots dans l'air qui frissonnent aux oreilles. Il se retourne, regarde les fenêtres, les rideaux qu'il croirait voir bouger, se fait un film. Un banc sera son salut. Il s'y précipite.

Il voudrait paraître paisible, mais cramponne le pochon en papier estampillé du logo de la supérette et regarde au loin, sans le voir, le ressac des vagues sur la côte.

— Vous êtes en colère ?

L'homme s'assoit à ses côtés, les jambes écartées, le séant collé au dossier, sa panse proéminente se déversant de part et d'autre de sa silhouette désinvolte. Il tousse bruyamment et renifle. Paul se serre à l'extrémité du banc, son sac sur ses genoux qui se touchent.

— Vous êtes en colère ?
— Pardon ?
— Vous êtes tout tendu, là, sur ce banc !

Paul s'agite mais, au lieu de bondir, il reste les fesses rivées sur les planches, ses jambes tombant en deux sticks fins pliés à l'angle des genoux, raccordés au sol par ses pieds inertes. Il remue les orteils et secoue les mollets.

— Vous êtes en colère ?

— Non ! Bien sûr que non !

— Malheureux alors… Forcément… L'un ou l'autre… ou un peu les deux !

— Mais vous êtes qui ?

L'homme se dit libraire d'une librairie déserte. Plus personne ne vient, « vous voyez Netflix et le streaming, on ne peut plus lutter ». L'art se perd, la culture s'égare, quant à la lecture, une gageure, un effort relégué en fond de cale, une désolation. Les livres s'empilent, tanguent et chutent. Patatras, la clé est presque sous la porte. Mais le libraire est vieux d'un corps sans âge, entre la fin d'un cycle et l'émergence d'une nouvelle ère ; il compose. Il ouvre et ferme quand il veut, ne cherche plus à faire du chiffre. De toute façon, il est seul, sa femme est partie, son fils l'a quitté, ou peut-être l'inverse, les années ne comptent plus. C'est moche quand il n'y a plus personne, enfin presque, il reste le matou, cet ingrat prétentieux et infidèle.

— Et vous savez pourquoi elle est partie ?

Il a bu et rebu. Comme un trou, comme un templier, comme un moissonneur, des litres au goulot, pinard, whisky et même alcool à 70 degrés. Et pour quoi ? Rien. Il est seul, comme un petit vieux lamentable, à pleurer sur le vide devant son poste de télé. Il lape sa gamelle qu'il se force à finir, tourne à l'eau et discute sur les bancs. Bah, boire, ça fracasse les neurones et ça chauffe l'humeur. Il a fait trop de bêtises. Il n'a plus que sa boutique. Paul est gentil de l'écouter, « c'est pas souvent qu'il passe de nouvelles têtes par ici ». Oh, mais il est trop bavard…

— Et vous l'ami, vous avez quoi ?
— J'ai ce que vous avez perdu…

Paul a.

Paul avait.

L'idée s'écrase.

Il boit, il frappe. Il va perdre.

Il regarde l'homme, qu'il trouve pathétique et pourtant si touchant. Ça le fauche et le retourne comme une réalité qu'il ramasse – sa laideur, sa conscience. Demain, ce sera lui sur ce banc, ici ou ailleurs, sans enfant, sans personne, un chat ou un chien au pied de son vide. Seul. Désespérément.

Il triture le sac en papier, le déchire dans les coins.

Qu'est-ce qu'il fait là ?

L'homme l'invite à marcher, « c'est bon pour le moral, vous savez l'air entre dans les poumons, circule et se charge des tensions. Il faut le laisser libre puis le rejeter plein de ce que l'on cache ».

Paul voudrait refuser – l'homme l'agace.

— Je vous suis.

— Alors descendons voir la mer.

Ils marchent en silence. L'homme piétine, enlisé dans le sable par son poids excessif, et Paul s'impatiente. On dirait qu'il fait exprès de traîner, ce vieux, comme s'il y avait le temps, les semelles raclant la surface, la jambe molle, la carcasse indolente. Il respire avec exubérance, les narines ouvertes en un bruit disgracieux, presque écœurant, un bruit d'air qui frotte les cloisons et décrasse la gorge.

— Je vous énerve. J'en suis bien aise, apprenez donc à respirer, l'ami ! Vous vous craquelez de fureur. Marchez ! Marchez donc devant ! Courez si ça vous chante ! Ça vous fera souffler !

L'homme ralentit encore.

Après quoi court-on ?

Paul accélère et le sème, puis revient à sa hauteur.

— Vous êtes ce que je ne souhaite pas devenir !

— Mais cela ne tient qu'à vous, cher ami.

Paul tourne les talons. Qu'il aille au diable, cet imbécile ! Il ne sera pas comme lui.

Jamais.

Il vole, les pieds à peine au contact du sable, pressé d'échapper aux évidences et leçons de tout genre. On prône la sophrologie, la pleine conscience et tout le toutim. Soyons positifs ! Mais que savent-ils, ces beaux penseurs, de la vraie vie ? Que savent-ils de ses peurs et de ses erreurs ? Il fuit les vérités interchangeables, ces dogmes culpabilisants pour celui qui n'entre pas dans le cadre. Lui sait que demain ne le rendra pas plus beau, ni attirant. Pas plus qu'il ne gommera son passé ou n'en atténuera les troubles. On peut ne pas courir, disserter et temporiser, accepter aussi, tout en connaissant les fondements des séismes, rien ne s'efface, ce n'est qu'une illusion. Il est un mal-aimé, un homme violent. Il est ce que l'enfance a fait de lui, une histoire d'adultes défaillants et malfaisants, le produit de sa mère et de son père, le frère des petits, l'amant de Léa, le rejet de Mylène, il est ce qu'il n'a jamais voulu être, il est ce dont il veut s'affranchir pour vivre libre, l'esprit clair. Angélique était sa rédemption.

Il se cramponne à son sac en papier et fait de grandes enjambées, le cul tortillant sur l'allure dégingandée d'une marche sur la plage, il laboure et progresse jusqu'au sol bétonné, en haut, sur la promenade. L'homme n'est plus qu'un point, loin derrière lui, une fausse rencontre, un souvenir.

À l'hôtel, il s'installe, puis prend le temps de boire et de manger. Dans sa poche, son portable le gêne. Il le traîne avec lui, estimant le nombre de messages aux vibrations continues. Noyés dans ceux d'Émilie, il imagine ceux d'Angélique, bien qu'il devine qu'elle ne lui écrira pas. Plus maintenant. Et encore… si jamais… lui demanderait-elle de revenir ? Lui annoncerait-elle qu'elle le quitte ? L'injurierait-elle ? Pardonnerait-elle ?

Il triture les coutures de son jean. Ne rien savoir. Il hésite. Tient une heure encore, puis se résigne.

Dix-huit messages d'Émilie qu'il ne lit pas, mais auxquels il répond « tout va bien » avant de remonter l'historique sans trouver, comme prévu, les mots attendus. Il faut qu'il écrive, n'importe quoi, même du vent.

~~Je t'aime~~… ~~je suis désolé~~… ~~comment vas-tu~~…

« Pardon »

Demain, il achètera des fleurs et un bracelet en coquillages.

***

La fatigue l'emporte dans une nuit d'encre et l'en chasse aussitôt. Il marche sur la plage, avec le vieux, s'agite, ses pieds s'enfoncent, il n'avance plus, l'homme le sème et rit d'un rire rauque. Ses chevilles disparaissent, puis ses mollets et enfin ses genoux, son corps se fige, prisonnier du sable, rien n'y fait, tout résiste, le poids l'entraîne, profondément, toujours davantage. La taille, les côtes, le cou. Il suffoque. Sa bouche reste ouverte sur le silence d'une plainte inaudible. Il est seul, la mer monte, la nuit tombe. Tu veux courir, eh bien cours, dit le vent, cours encore, cours et cogne, de ton âme noire, de ta force malfaisante. Cours sur le vide de ta perte, dans le néant de tes caprices, toi sans raison, abruti des temps révolus. Cours, je te rends tes jambes et ton allant, va t'épuiser dans le dégoût de toi-même, raclure et ivrogne. Ta vie est une excuse, ton vice est un prétexte.

Dans le lit, Paul court. Les draps s'entortillent à ses jambes, son corps s'emmêle, bridé et douloureux. Il se débat. Angélique est si proche, il la voit, couverte de bleus, le sang noirci, elle est si belle. Si malheureuse. Il court et elle s'éloigne. Il souffle et le vieux rit. Moi, j'ai bu, moi, j'ai bu, dit-il, et toi ? – Moi, je frappe, répond-il. Moi, je frappe sans raison parce que je suis lâche, parce que je suis le fils de mon père, parce que je n'ai pas su réfléchir, parce que j'ai cru avoir raison. Je frappe et j'abîme ma seule raison de vivre. Je frappe du poing, des griffes, de mes tripes, de ma colère. Je frappe de ma haine et de rien, de frustration et de mensonge, je frappe sans même imaginer. Pour briser, pour dominer.

Ses yeux demeurent obstinément clos, sa bouche crispée. Il lutte contre l'obscurité qui l'absorbe, ne veut pas s'y perdre. Il transpire et colle au matelas, le tee-shirt moulé à son torse, moite et puant, bientôt frissonnant. C'est le diable qui le tourmente. Le dernier avertissement. Et le vieux le prévient : change, change ! Sa main l'empoigne et Paul sursaute, totalement éveillé. Il est trois heures, la nuit est longue.

***

Paul décide de ne pas s'attarder. Venir, c'était bête.

La fatigue le terrasse, marquée sur sa face, des cernes gris et profonds, des plis aux coins des yeux, la peau molle et le teint brouillé. Une face de rat sur sa laideur ; ce matin, il a détesté le miroir. Le reflet le nargue comme ce vieux qui assiège encore ses pensées. La pouillerie est dehors et dedans, dedans surtout, vérolée de l'intérieur, le gène avarié – foutue division cellulaire, foutu patrimoine, ce n'est pas de sa faute. Le vieux le parasite. Le vieux l'assassine. Ses mains sont larges, ses genoux enflés, ses jambes courtes, son cou dans les épaules, sa panse énorme, la démarche incertaine, penchée sur la droite, clopin-clopant, presque boitillant. Son haleine est puante de l'alcool qu'il dit ne plus boire. Il se dit seul, l'enflure, lui qui a bu et frappé, excusé parce qu'il se repent, donneur de leçons comme son père. Son père. Voilà, tout est dit, vieux comme son père, obèse et rougeaud comme son père, défait pour quelques heures de mauvaises habitudes. Ces habitudes qui reviennent. Un verre. Une bouteille. Un ami. On replonge aussi sec jusqu'à noyer l'épiglotte, rassasié de l'oubli. On prend, on arrose puis on rentre, à genoux, cafard rampant d'un trottoir à l'autre, la gueule ramollie. Paul l'a traîné, porté, roulé. Il l'a aussi enterré.

Il veut en avoir le cœur net.

Ce libraire, où officie-t-il ? Quelle rue, quel endroit ? La réceptionniste l'ignore. Elle ne voit pas, réfléchit… mais, non, il n'y a pas de librairie.

Paul reprend la route.

Fuir n'avance à rien. C'est juste croire qu'on peut semer les problèmes sans véritablement s'en défaire. Ils collent aux neurones et s'enveniment dans la solitude de la fugue. Ça mouline. Paul se vautre dans l'angoisse et s'en empêtre jusqu'à l'écœurement, la tête à frapper les murs. Arrêter. Silence ! Que cela cesse. Ces idées en boucle, Angélique, le temps gâché, l'espace laissé vacant vingt-quatre heures. Qu'aura-t-elle fait ? Il aurait dû entrer dans la chambre. Il aurait dû. La route défile toujours plus vite comme si on pouvait rattraper le temps.

« Ha, ha, ha ! Tu cours encore ! » dit l'homme. « Cours, cours ! Maudit débile ! Et bois un coup à l'arrivée, il fera soif. »

***

Un boulet à ses pieds, un boulet à ses mains, Paul avance et traîne la jambe.

Il a dû couper le contact de son véhicule – avancer et descendre – avancer et monter à l'étage – avancer et ouvrir la porte. Avancer encore.

Les lumières sont éteintes, la vie silencieuse. Black-out.

Le cœur s'accélère, le corps se fige, inondé d'une sueur aigre qui colle les aisselles et mouille les lombaires. Le pas est contraint. Il sait. Elle est partie, emportant ses cadres et ses coquillages.

Paul, mais Paul, qu'espérais-tu ?

On reprend au commencement, comme si rien n'était encore écrit.

Paul n'est pas beau. Petit, maigre, le cheveu terne et rare, le nez long, il présente un physique ingrat que n'arrangent pas ses tenues démodées. Le dos droit, il affiche une raideur malingre et des gestes si maniérés qu'il en est agaçant...

C'est à pleurer.

D'ailleurs, Paul pleure. Encore.

La vie l'écorche et assèche son gosier.

Paul boit.

À la tienne, le libraire !

Il ne court plus, avachi sur son canapé, le verre vide. Il pend des bras, du menton, de la bouche, bavant un peu, moche et pathétique, au son de vieux râles venus de ses tripes.

Pauvre Paul.

Elle est partie.

Elle ne reviendra pas.

Pas plus que les autres.

De la manche, il essuie la morve de son nez, dodeline de la tête et s'échoue, les yeux clos, sur l'accoudoir.

Le matin le saisit par surprise.

La grisaille moutonne dans le ciel en nuages bas, à l'image de l'humeur de Paul dont elle agresse les paupières. Péniblement, il cligne des yeux. Sa tête sonne, sa langue lui colle au palais et il pue. Le constat l'afflige. Il ne comprend décidément rien et reproduit à l'infini les travers dont il critique les effets, lui qui s'est cru différent, homme solide, loin de ces bêtes de comptoirs alcoolisées. Il fuit dans la beuverie sachant qu'elle reste vaine – idiot pourtant aguerri – et perd le sens de la réalité. Angélique est partie, bien fait, il faut qu'il bouge et se reprenne. Ce n'est qu'une chute, on se relève, on se redresse et on avance. Paul le croit et, à moins de vouloir ressembler au vieux libraire, l'heure ne peut être aux lamentations. Perdant, il ne le sera plus.

Paul rectifie sa mise, s'essuie les lèvres, les joues et se déplie. Il va se nettoyer, en profondeur, lisser son visage et gommer les sales traits. Il va se faire neuf, s'habiller. Redorer son image. Pour lui. Pour elle. Un nouveau Paul.

D'abord, il passera voir Émilie et lui racontera son séjour à la mer, le déclic et l'envie de jours meilleurs, il est prêt et sera convaincant. Il lui demandera son aide pour appeler Angélique ; elle saura quoi dire, rafistolant peut-être les cassures du dernier soir.

Décidé, il s'apprête.

C'est en dévalant l'escalier qu'il perçoit les vibrations de son portable et découvre le message d'un numéro masqué. Il s'arrête net.

« Je sais où est Angélique. Elle a un amant et j'ai des preuves. Si tu les veux, retrouve-moi dans 10 min sur la berge côté parc – panneau 3. »

Soudain, Paul a des ailes – des ailes immenses qui le propulsent hors de l'immeuble, gavé d'urgence et de fureur, dégrisé de sa nuit, lavé de ses idées. Il court. Qu'est-ce que le temps ? Dix minutes pour découvrir une brèche. Paul s'emballe, il va savoir.

Il conduit vite, manœuvre vite, marche vite. Sous ses pieds, les graviers crissent, la berge est longue, alors il accélère, ignorant les crispations de ses mollets, il remonte le parc et franchit un talus. S'arrête. Panneau 3. Il est seul.

Et ne voit rien venir.

Le premier choc arrive par-derrière.

Ses genoux cèdent, l'entraînant vers le sol, sa tête bascule. Un poing le frappe, vif et puissant, lui plie l'échine. Paul crie. Puis se tait. Il encaisse. Supporte. Les coudes fléchis, les mains en avant. Les coups pleuvent où sa garde n'est pas, craquent les os et versent le sang. L'homme le contourne et cogne de face, enragé. L'arcade se brise en un bruit sec, les lèvres se fendent, le visage enfle déversant sa lymphe, tiède et poisseuse, jusqu'au cou et sur l'épaule, à droite, qui d'un choc, se déboîte. La vue s'efface, la tête sonne. C'est inégal, un faible – un fort, dans la stupeur et la douleur ; une douleur qu'il ressent mais ne sent plus tant le corps est rompu. Ça tape, ça casse, le ventre et les jambes, la face et le thorax, deux coups, la bouche, une frappe, de profil ou par devant, à coups de pied et à coups de poing. Le corps se rend. Paul s'effondre.

Inconscient.

Ténèbres. Blessures. Trouille.

Il plonge.

3

« Celui qui est absolument aimé
ne peut être misérable. »
Milan Kundera,
Le Livre du rire et de l'oubli (1979)

Le lieu lui échappe dans le chahut d'une sonnerie belliqueuse, des bips, des cris, des pas frappés sur le sol en plastique. Paul voudrait se boucher les oreilles, mais ses doigts restent gourds et ses gestes vains. Son corps tangue sur la houle d'un matelas d'eau dans lequel on le pose, corps sec et inerte aux multiples fragments que la douleur rappelle, en bas, en haut ; un corps disloqué dont il perd la mesure, égaré en lui-même pour ne plus rien sentir. Il faudrait partir, mais l'idée reste creuse, le vacarme persistant. Des doigts le touchent et le bousculent, on le tourne, on le retourne, on le perce. Il a si mal. Des mains l'agrippent encore, son thorax se contracte. Il sonne. ÇA sonne ! « Monsieur, monsieur, restez avec nous ! »

***

C'est un cycliste qui l'a trouvé, agonisant dans un fossé.

Paul se souvient des coups de l'homme dont il n'a distingué qu'une ombre, puis une voix, avant de clore les yeux. Il doute, sans véritablement douter, presque certain ; un timbre rauque, une rondeur sur les *i*, si proche du bavardage de l'amant de sa sœur – ce Gérard, ce con, coupable de l'embuscade, cet aliéné qui disait l'avoir vue, elle, et qui savait. Les bleus et les coupures sur son beau visage, elle qui ne méritait que l'amour, frappée par un fou ; Gérard l'a vengée.

« Tu l'as mérité, pourriture. »

« T'es qu'une merde, une loque, un lâche. »

« Tu veux frapper, eh ben, frappe-moi ! »

« Comment ça fait de se prendre un poing dans la gueule ? »

S'il savait, cet abruti, comme Paul sait ce que ça fait.

S'il savait comme Paul voudrait parler.

S'il savait comme la douleur est intense et profonde, bien au-delà de la chair et des hématomes.

Le coma l'isole. Son cœur s'accroche.

Paul veut vivre pour repartir.

Il lutte et s'enlise.

S'évade.

Sur le banc, face à la mer, le vent se lève et caresse les visages. L'air est doux comme celui du printemps, le soleil timide. Le vieux est là, assis à ses côtés, son corps massif écrasé sur le siège, le souffle calme et silencieux. Son rire s'est tu.

— Voici le temps qui vous manquait.

Une seconde chance.
Une rencontre.

L'histoire est encore facile, cousue de fil blanc, comme on les aime pour s'arranger du gris et reprendre le sourire. Paul est seul sur son lit, laid de ces coups qu'il a donnés, malmené, pitoyable et pourtant désarmant. Il doit se reprendre avant que les mots ne s'écrivent – changer le fil de ce récit.

— Savez-vous, Paul, que Kundera a écrit « L'homme compense le poids du mal dont on lui a écrasé l'échine par la masse de sa haine » ?

Paul soupire et s'agace. Il secoue la tête pour en extraire le vieux et tous ses boniments. C'est trop commode de se cacher derrière des citations, comme si les mots trouvaient un sens aux actes – des excuses variables selon les points et les virgules, des choix pesés, souvent sortis de leur contexte et profondément modulables. Paul n'est pas sot et sait ne pas avoir de justifications recevables, d'ailleurs il n'en veut pas ; son père, c'est un passé qu'il traîne et non un alibi. Il réclame le silence et bouscule le libraire, le heurtant à l'épaule.

— D'accord, d'accord, Paul ! Restez donc seul avec vos peines !

Ses peines sont dans la douleur de ses jambes et l'écrasement de ses vertèbres. Paul veut les ressentir, se les approprier tel un passé rivé à ses muscles et à ses os, un tiraillement pour ne pas oublier. Elles sont celles d'Angélique. *Laissons-les-lui.*

***

Émilie vient le voir chaque soir après son travail.

Paul ne parle pas de Gérard, mais devine qu'elle le soupçonne. Le silence les rassure. Chacun sait, chacun se tait. On efface et on repart, le regard fuyant, mais heureux de se projeter vers l'avenir. Angélique n'a pas porté plainte, lui non plus ; les peines sont quittes, les consciences apaisées et, même si rien n'est sincère, on fait comme si.

Les jours s'empilent, Paul récupère. Il ne mourra pas et n'aura pas de séquelles irrémédiables. Les gendarmes sont venus pour l'interroger, mais il ne sait pas, n'a rien vu, n'a rien entendu, n'a même pas une idée et voudrait qu'on le laisse. L'enquête n'aboutira pas.

***

Depuis deux semaines, Paul a quitté le service des soins intensifs et s'efforce de rafistoler son corps, appliquant à la lettre les consignes des médecins et des infirmières du service de trauma. Il est un patient modèle, souriant et courtois, apprécié par l'équipe.

Paul est redevenu comédien.

Les journées se remplissent de sourires appliqués et d'écoute attentive, il veut qu'on l'aime, qu'on lui pardonne, effacer, repartir, comme si rien n'avait eu lieu. Il se croit fort et tient jusqu'au soir, quand les lumières s'abaissent et que les couloirs se taisent ; les ombres s'imposent, dévorantes. Paul s'effraie de ses rêves – un coup surgi par-derrière, le sang dans sa gorge, ses cris, la douleur, il se sent seul, égaré, alors qu'au loin Angélique le contemple, la main de Gérard posée sur son bras droit, celle du libraire sur le gauche. Tous trois le regardent et s'esclaffent. Les vils ! Ils rient de sa laideur et de son corps disloqué, de ses jambes incertaines et de son dos corseté, pauvre pantin pathétique, ils se moquent et s'amusent de sa bouche tenue close malgré ses efforts, du pardon qu'il voudrait quémander, à elle surtout ; un pardon et bien plus.

Angélique ne saura pas.

C'est le plus douloureux.

***

Les nuits s'étirent, celle-ci comme les autres. Paul transpire.

Les soignants lui ont proposé les services d'un psychologue pour qu'il s'apaise – « et puis causer, ça ne peut que faire du bien » – mais obstinément, il refuse. Que pourrait-il dire ?

Paul s'enroule dans le drap.

Il ne veut plus fermer les yeux.

***

L'homme est un gamin. Allez donc même savoir s'il s'agit d'un vrai psychologue ! Le jean étroit collé aux mollets, un tee-shirt griffé de rayures mauves et bleues, des cheveux ras et une barbe travaillée. Et une allure ! Vive et arrogante, pressée d'avancer tel un vent violent, main en avant, sourire calculé. Il entre et salue, s'assied sur la chaise qu'il tire d'un coin d'ombre, tout près, les genoux appuyés sur le lit.

— Discutons.

Si Paul pouvait tenir l'infirmière qui lui a envoyé ce bouffon…

Il se tortille sur son lit et se redresse tant bien que mal dans la contrainte de son corset, l'air digne et détaché. Il ne dit rien, pas plus que l'autre dont le regard s'échappe vers la grande vitre tachée de pluie et de grisaille. Ils attendent.

L'homme patiente, Paul se gratte.

Parler pour le faire déguerpir ; l'idée chemine.

Paul calcule l'indispensable – ce qu'il taira et le reste. L'esprit mouline sur le passé, heurte le présent, mixe et s'enraye. Il lutte, certain de maîtriser la donne, mais déverse les faits, bouche béante sur la vidange, les idées essorées, ça sort, en spasmes, en jets, dans la colère et la peine, jusqu'au regret de ne pas être mort ; une bombe lâchée au milieu du silence, même les mains tremblent. Il a édulcoré et n'a pas dénoncé, mais quand même cette idée de mourir le cogne, elle est si vraie. Il voudrait s'effacer dans la poussière et la terre, n'être plus rien. Pour ne plus réfléchir. Pour n'être qu'un souvenir, même mauvais, une ombre, un rien. Soulager Angélique. Il voudrait mourir pour crever.

Son thorax n'inspire plus, bridé par le corset, ses chairs se lamentent sous les plâtres, il souffre comme on le punit, il le mérite, lui, le laid, l'affreux, celui qui brise et détruit. Il a porté ses sœurs, soutenu son frère, encaissé et fait front, et il est là, présent dans la misère de ses actes répréhensibles. Son souffle peine. « Faites-moi mourir. S'il vous plaît. »

Le psy ne fixe plus la fenêtre. Il regarde cet homme – celui qu'il croyait vaniteux, engoncé d'une détestable assurance, petit homme hautain, au teint cireux et aux airs supérieurs, si moche malgré des yeux d'un bleu extraordinaire et une fossette presque joyeuse. Il le regarde et se reproche son absence primaire d'empathie et son envie de fuir. L'homme est pathétique. L'homme est attachant. Il le regarde et l'entend.

Des associations existent. Il va l'aider. *L'Atelier* pourrait l'accueillir.

Paul écoute et pense au carnet qu'il pourrait acheter s'il acceptait les soins, gris ou noir, comme son humeur, suffisamment large pour y noter ses journées. Il imagine des colonnes et des lignes sur lesquelles s'écriraient les actes et les rencontres, en tableaux et en chiffres, pour lister ses progrès. Il reprendrait son Waterman, celui d'Angélique, et remplirait les semaines.

Ensuite, elle reviendrait.

Elle reviendrait lorsqu'il aurait terminé.

Sinon, il choisira de mourir.

— C'est pour elle.

— Non, c'est pour vous.

Pour lui, pour elle, c'est pareil.

Il faudrait reprendre au commencement, éliminer Léa et effacer Mylène. Faire comme si la vie coulait en eau douce. Pas de vagues, pas de tempête. Récrire Angélique.

— Opérez-moi. Gommez, lissez, que tout disparaisse !

Mais Paul ! Rien ne s'efface des faits collés au gris de nos cerveaux. La vie s'y accumule, le bon et le moins bon, dans les sillons et les tiroirs, rangés, jusqu'aux réminiscences douces ou violentes d'un événement mémoire. On n'opère pas, on atténue.

Des fadaises couchées sur le récit.

Émilie lui tient le même discours, presque chaque soir, assise au bord du lit, le sourire fixe et contrit, le corps sautillant d'impatience. Il les agace avec sa morosité.

Dehors, la pluie bat toujours les fenêtres, la chambre est sombre, il faudrait allumer, mais Paul s'y oppose. Il voudrait qu'on le laisse.

Ils reviennent pourtant. Tous. Chaque jour ou chaque soir, débitant les mêmes platitudes. Paul se gratte furieusement le visage et la peau des bras.

— J'irai.

***

Depuis quinze jours, Paul a quitté l'hôpital. À *L'Atelier*, où Émilie l'a conduit, il occupe une chambre exiguë, meublée succinctement, dont il a arrangé la déco pour casser la froideur et se sentir chez lui, puisqu'il reste. Il a posé quelques bibelots pris chez lui et accroché au mur, face à son lit, une photo – précieuse – sur laquelle Angélique, la main dans celle de son fils, le regarde et sourit. Une enceinte connectée à son portable diffuse en boucle ses titres préférés de Bashung, et des livres, que sa sœur lui apporte à chaque visite, absorbent l'écho de la pièce. L'ensemble est propre et ordonné, comme il aime, fonctionnel, à l'exception du partage des commodités, des espaces de détente et de la salle de restauration. On se côtoie en permanence, on se parle, on se toise, on se heurte, on s'ignore, on s'engueule, l'agacement ou l'ennui vissés aux tripes, la colère pour principe ; ça râle pour dégorger, comme l'enseignent les thérapies de groupe, obligatoires chaque matin.

Paul s'acclimate, abstinent – alcool, sexe et violence, un même combat, il fait des efforts. *L'Atelier* le contient et gouverne son présent, des psychothérapies individuelles aux séances en groupe, d'échanges en exercices, la parole peu à peu libérée, une prise de conscience au bout du parcours. Il sue. Il trime. C'est dur. Les heures sont des jours, les jours des semaines, il raye les cases du calendrier collé sur son carnet et compte. Il voudrait ne pas s'attarder au milieu de ces hommes – des minables, de Marcel le poivrot à Maurice le violent, des clichés comme ceux des séries télévisées ou des romans de gare ; la grande salle, la cafetière, les madeleines dans une assiette en carton, Paul a failli prendre la tangente, direction la grande fuite, mais il tient. Il est différent et pourra repartir. Déconstruit. Reconstruit. Neuf.

Comédien de toujours, ponctuel et souriant, presque appliqué, il plaisante avec les autres, écoute et discute, gardant pour lui ses tristes vérités si semblables, en réalité, à celles de ses compères – ces histoires de misère, de parents ou de fatalité dans lesquelles on se cache, honteux malgré tout de n'avoir pas agi autrement. Chacun est le reflet de l'autre alors on se détourne un peu pour ne pas prendre en face l'image de sa petitesse, trop difficile à assumer, même quand on joue les gros durs, qu'on se vante ou qu'on jure. Les faits demeurent et si l'on brode un peu, on arrange et on ment, on se sourit par-devant, n'ignorant pas que si l'on est ici c'est pour le même motif. Paul n'a pas envie d'être là mais mesure les enjeux, peu convaincu néanmoins de la pertinence des actes psychothérapeutiques. Les jours se succèdent, il est en arrêt maladie, alors là ou ailleurs, peu lui importe.

***

Un soir, en visite, Émilie lui parle de Gérard, qu'elle trouve absent, de l'amour qui s'échappe comme chaque fois qu'elle s'attache. Il va partir, elle le sent, sûrement pour une autre, plus jeune ou plus belle. Elle pense à Ang… rougit, se tait. Quelle tarte !

Paul se ferme. La douleur la rend cruelle, comme toujours, comme ces fois où elle l'a insulté ou humilié, rendu responsable de ses échecs, de leur enfance, de leurs vies, comme ces fois où elle l'a frappé, des coups faibles mais des coups quand même, des frappes de chagrin ou de rage qu'il a encaissées pour ne rien briser.

Paul est une éponge qui essuie et absorbe.

Dans son ventre, ça se tord.

Un choc. Une idée. Un refus.

Il ne veut plus.

— Je crois que tu devrais partir.

Elle le sent offensif à ne pas s'y frotter, comme parfois il peut être, quand ses yeux quittent le bleu et s'habillent en orage. Il lui fait ravaler l'impair, d'un regard, la vrille. Elle aimerait discuter, mais ne discute pas. Se lève. L'embrasse. Espère qu'il l'arrête. Le toise. Attend.

Et s'en va, lèvres pincées, dos raide.

— Je reviendrai demain, tu seras peut-être mieux luné !

— Non. Je te rappellerai.

***

Hier, lors de l'entretien, le psy a fait tracer sur une feuille trois colonnes. La première pour noter les éléments négatifs de sa vie, la seconde pour les positifs et la troisième pour les toxiques. Peu motivé, Paul a haussé les épaules et griffonné à la hâte des absurdités en lien avec ses goûts alimentaires et les couleurs. Sans même un commentaire, le praticien a pris son travail et l'a glissé dans son dossier ; Paul s'est senti froissé.

Sur son carnet, il trace trois colonnes. Il a attendu d'être au calme, le soir. Émilie est partie, blessée. Elle l'a traité de con et d'abruti. D'ingrat. De fat. De connard. De couille molle. De prétentieux. De merde. Elle a claqué la porte.

La lampe projette des ombres sur les murs blancs tandis que Bashung dit mentir la nuit et s'en laver les mains. Paul ne se débinera pas.

« NÉGATIF : son père – sa mère – l'histoire – la solitude – son physique – ses habitudes – ce à quoi il a cru, sa connerie, ses colères – les coups – la haine – la jalousie – fermer les yeux »

« POSITIF : Angélique/l'envie – l'amour »

« TOXIQUE : le passé – l'alcool – ~~Émilie~~ – Émilie »

Il voudrait barrer à nouveau le prénom d'Émilie, mais le laisse. Cette cure est une chance, le ménage qu'il faut faire, malgré les heurts, tant pis ; il a trop entendu.

Second choc.

Il ne veut plus.

La vie (re)commence.

Ce n'est pas qu'une prise de conscience. Pas seulement des mots écrits sur ce roman, une pirouette qui accélère le récit. Non. C'est un typhon dans l'esprit de Paul. C'est la rupture immédiate et brutale d'un cycle néfaste. Il respire.

Personne ne lui a dit qu'il était bon. Personne ne lui a dit qu'il comptait. Des mots simples et des preuves.

Il ne sait que prendre comme lui-même on l'a pris, l'amour à l'arrache, sans douceur, sans conscience. Des miettes. Il ne sait pas aimer, lui qui aime si fort. Les larmes le surprennent, légères, elles s'écrasent sur les pages du carnet, diluant l'encre – positif, négatif et toxique mélangés dans des nuances de bleu et de vert, à ne plus savoir quoi lire. C'est à rire, ce méli-mélo de larmes et de mots – un rire jaune qui dilate la gorge et fait mal.

Paul referme les pages d'un geste sec. Sous son air bravache, c'est un cœur sensible, Paulo, un vrai tendre qui voudrait s'en sortir.

Émilie ne vient plus.

Ni appels, ni sms.

Paul s'est étonné, vexé, puis a soufflé. Il se sent « peu de chose », devenu insignifiant aux yeux de celle qui aurait pu l'aider.

Sur son carnet, il trace une croix pour « le toxique ». Il ne portera désormais que lui, sans eux, sans leurs plaintes et leurs soupirs, sans leurs mots injustes, leurs tirades qu'il a prises en pleine face ravalant ses répliques. Ses efforts étaient vains.

Il se veut libre.

Il investit les thérapies du matin, les rendez-vous de l'aprème. Il se coule dans le moule, soudainement motivé, même s'il doute, même si l'agacement le démange, son visage et ses bras, même si Bernard le gave ou que José est une bille, il écoute et entend, s'applique. Il fait les exercices sans fuir ni bifurquer, solide et honnête. Il avance.

Émilie est sa sœur adorée, la petite blonde potelée, toujours avenante. Et maligne. Et manipulatrice. Et rodée à survivre. Il ne lui en tient pas rigueur, il l'aime, mais elle l'a effacé, toujours à se satisfaire, elle la première. A-t-elle eu tort ? S'en sort-elle mieux ?

***

Paul écrit.

Sur son carnet, il aligne encore quelques collages et commence un récit qu'il fragmente en cinq parties – cinq chapitres, cinq femmes ; le psy l'encourage.

Il commence par sa mère, Marie, si belle et aimante jusqu'à ce que l'homme la brise, les coups, les grossesses et l'alcool, plus si mère, plus si femme, une loque égarée par les abus, la vie qui s'étire, l'abandon, Paul se souvient, ses bras, son sourire, l'odeur de ses étreintes puis l'absence et la fuite. Elle était si jolie. Les mots frappent, charriant l'évidence : victimes, ils étaient tous victimes. De la conjoncture. De la pauvreté. De ce tracé socioculturel dont on ne dévie pas. Leur mère est morte, seule sur son lit, ivre et baisée, remplie de foutre, de vodka et de drogues, seule, oui seule, sans une main, sans un regard, seule et perdue, des bleus sur les côtes, des traces sur les joues, son mec au bistrot, le cœur sec et l'envie épuisée. Paul l'aimait malgré ses manquements, il aimait ses rires et sa fantaisie, les fois où le cœur devenait léger, la musique à tue-tête, l'heure oubliée, elle dansait avec eux, les embrassait et les câlinait, demandait pardon et puis s'effondrait sur le sol de la cuisine ou le canapé. Il ne comprend pas, elle pouvait s'arrêter, pour elle, pour eux, partir et les emmener ; elle les a laissés.

En bas de la page, Paul change de stylo et choisit un feutre noir et épais. Il note.

~~*« Je l'aimais »*~~

« JE LA DÉTESTE »

« Si c'était si simple. »

Léa entame le second chapitre.

Par hasard il l'a aperçue, une fois, au coin d'une rue, accompagnée d'un malabar à la peau burinée, une vive marmaille accrochée à leurs flancs. Il l'a trouvée laide. Insignifiante et laide. Dire qu'il l'a aimée, cette garce qui lui a préféré une petite frappe de bas étage ! Il n'a rien à écrire si ce n'est qu'il se délecte de la voir si ordinaire dans ce monde qu'il évite.

« Une erreur de jeunesse. »

« Un prêté pour un rendu. »

Émilie.

Sa chère Émilie, un troisième chapitre.

Le plus complexe.

« UNE FAIBLESSE »

Paul voudrait poser les mots qui le blessent – ces mots suspendus entre l'amour et le dépit, les silences ravalés, le renoncement. Elle l'a disloqué, petite fille apeurée, adolescente venimeuse, adulte bancale, elle a chouiné et s'est consolée entre ses bras, dans son giron, elle l'a bousculé et l'a rabaissé, femme fragile, femme perfide. Il se souvient de l'alcool qu'elle consommait, de ces jours où il mentait pour la couvrir, des fois où il la cherchait chez les autres, ces mecs auxquels elle se donnait contre un rail ou un trip, il la levait, il la tenait, jusqu'au bout de ses forces, usé et fatigué mais toujours présent, là, à ses côtés, malgré les tirades crachées à sa gueule, ces reproches et ces plaintes dont il s'imbibait, rompu.

Il ne lui a rien dit, jamais, alors qu'il aurait dû. Ne pas s'écraser. Ne pas l'autoriser. Mais elle souffrait tant, pauvre fillette, privée de mère et de père, le sourire pâle et les yeux tristes. Il l'aime profondément et l'exècre tout autant, embrouillé du passé de ces heures douces où leurs mains se mêlaient encore avant de se perdre dans la boue de leurs rages.

Il voudrait écrire ces histoires. Et en pleurer. Mais la vie ne se refait pas. Tout juste sait-il vivre avec. Émilie restera Émilie et lui ne cessera jamais de l'aimer.

« JE L'AIME. »

« Malgré tout. »

Mylène, ah ! Mylène.

Que dire qui n'ait pas été dit ?

Belle. Belle. Belle.

« *UNE CHIMÈRE.* »

Paul se reproche son attitude, le ridicule de ses sentiments. Qu'espérait-il, lui l'imbécile, l'amoureux du vent, arrimé à ce qu'il imaginait ? Pauvre con ! Elle a utilisé sa gentillesse quand l'ennui la prenait, rempli ses vides et choyé son ego, la bêtise en appui, sans qu'il y voie goutte, trop occupé à croire en sa bonne étoile. L'épisode coince, douloureux et vexant, titillant encore l'envie de détruire.

***

Longuement, le psy l'interroge.

« Enfin, Paul, voyons, réfléchissons ! »

« Qu'attendiez-vous ? » – *L'amour.*

« Cette femme vous aimait-elle ? » – *Non.*

« Avait-elle le droit de ne pas vous aimer ? » – *Non !... Peut-être. Oui.*

« Peut-on se tromper ? » – *Oui.*

« Avez-vous écouté ? Regardé ? » –...

« Mylène est-elle un élément déclencheur ? » – *De quoi ? De la rage, de la colère ? De ces coups partis ? De l'idée de se sentir piétiné encore une fois ? De l'envie de mourir ? D'être une merde ? De ne plus savoir entendre ? De n'être plus soi ? Mylène est-elle le début de la chute ? Le trop-plein, la rupture ? Peut-être. Mylène est tout cela ! Mylène est la fracture entre l'avant et l'après, le chagrin véritable, la honte et la dérive. Une réminiscence. Elle est tout ce qu'il ne veut plus endurer.*

Paul sort et claque la porte. Il aimerait boire un coup et remonte le couloir, le pas bruyant, quelques injures au coin de la bouche – « psy, psy, psy, du vent ! » – il serre les poings au fond de ses poches, et avance, et bouscule, il cherche des noises, voudrait en découdre puis baisse le regard. Il préfère courir dans le parc ou taper quelques sacs de frappe dans la salle de sport. Il inspire grand.

***

Sur le carnet, au feutre, il conclut le quatrième chapitre.

« *TOURNER LA PAGE* »

Entame la dernière partie.

Angélique.

C'est dur, ça le prend aussitôt, une envie de pleurer, comme un enfant, un tout-petit privé de sa mère quand on le dépose à la crèche, la peur de l'abandon, la crainte d'être seul, de ne pas savoir faire, les boyaux en volutes, noyé par la bave et les larmes.

Paul serre les mâchoires et claque la langue, le stylo au bout des doigts, l'encre en attente. Quelle merde ! La honte le submerge.

Sur le mur, le cliché le transperce, Angélique le regarde.

Il attend – l'inspiration sans doute, mais les pages restent blanches, remplies de mots qui se taisent même s'ils poussent à ses lèvres, dire qu'il l'aime, encore et tellement, qu'il crève des regrets dont il se gave, où il s'empêtre, coupable sans aucun doute ; il s'excuse. S'excuse encore, impardonnable. Ça serait facile à écrire, mais ça ne vient pas.

Il commence une lettre, s'interrompt, reprend et rature ; l'exercice lui pèse, il n'écrira rien.

Il est pathétique.

C'est pathétique.

Le centre, la colère, le carnet en skaï gris.

L'histoire de cet homme.

Peut-on qualifier le récit de commun ou sans intérêt ?

Le récit ordinaire d'un homme ordinaire.

L'histoire d'un voisin, d'un collègue, d'un copain.

Ce qu'on ignore, ce qu'on juge, ce qu'on croit.
Lui n'est personne.

Paul referme son carnet.
Comment reconstruire ?

« Le voulez-vous ? » a dit ce con de psy.
Paul souffle et lève les yeux au ciel.
Reconstruire ou rafistoler.
Jamais il ne pourra regarder Angélique sans penser à ce soir dans la cuisine, à son corps sur le sol, ses lèvres bleues, sa robe déchirée, jamais il ne pourra affronter ses yeux, les craintes dissimulées derrière les paupières, le souvenir malgré tout.

— Que souhaitez-vous, Paul ?
— Partir.
— Vous êtes libre.
— Croyez-vous ?

Paul s'isole.
Libre de partir, libre d'être libre, libre d'oublier, libre d'appeler Angélique ou de lui écrire, libre d'espérer une chance, libre d'accepter, de refuser, libre de perdre, mais aussi de gagner, libre d'être lui, libre de dire oui, de dire non, libre de partir, libre d'être libre.

Des idées en boucle – un leitmotiv éreintant. Il recommence.

— Allez-vous le faire ?
— Quoi ?
— Je ne sais pas, vous seul savez.
— J'y pense jour et nuit.

Dans sa main, son portable le brûle ; impulsivement, il y a saisi dix chiffres, tapés sans hasard, jamais oubliés, indélébiles, dirait-il, à peine quelques ondes et elle serait là, à son oreille, proche, l'emplissant de sa voix. Il hésite.

— Qu'en pensez-vous ?

Paul range son téléphone. L'appeler et que lui dire ? Laisser des silences, ou se lancer, les mots alors ineffaçables, qu'ils soient bons ou non, regrettant peut-être leur incidence, sans pouvoir corriger. La peur nourrit le verbiage – parler, parler. Parler pour déverser, en vrac, sans toucher l'essentiel, noyer dans le flot, remplir les vides. Parler pour ne rien dire et ne rien entendre, absorber les silences ou briser les réponses. Il ne peut pas. La peur qu'elle l'envoie en enfer, là où il pourra crever, lui, le fils de chien. L'angoisse le lamine. La chambre est trop exiguë, le lit trop étroit, les murs blancs, la musique éreintante, le sol lisse, les lieux hostiles, la porte close, l'air rare. C'est le courage qui fout le camp. Ses mains sont moites et ses aisselles mouillent son tee-shirt plaquant le tissu à ses flancs et son dos. Il colle. Il peste. Se lève et se rassoit. Il faudrait lui écrire. Peut-être un mail – plus moderne et plus incisif.

Écrire serait se protéger derrière l'écran, dans l'illusion de ces mots que l'on peut effacer ou modifier, comme si le fonds trouvait un parfait emballage, pesé et estimé, imaginant sans doute, par ses multiples relectures, frapper juste. Ce serait mieux que le silence, pour lui qui ne peut plus se taire. Il lui faut alors structurer le texte et suivre un plan précis établi sur une feuille de brouillon, son enfance, sa vie, ses travers – écrire et dégorger, sans filtre, raconter le pourquoi, même s'il n'excuse pas. Paul s'emballe, tablette/feuille/stylo, il est prêt et organise la trame, scolaire et rigoureux, esquisse les parties entrecoupées de tirets, un fait à la fois, selon une chronologie minutieuse.

L'ossature n'attend que son contenu, mais l'écran reste vierge, le brouillon raturé et la tête saturée. Angélique ne mérite pas une dissertation, un texte léché et sans saveur, et lui sèche, les mots lui manquent, l'envie aussi. Faire pitié, ça le rebute.

Paul se lève, heurtant sa chaise du coude.

Merde.

Le couloir semble interminable jusqu'à la salle commune où il espère trouver un compère pour partager un prétexte pour ne pas se coucher. Simon lui propose un baby-foot et, bien qu'il déteste ça, Paul accepte.

— Elle était bonne la nana qu'est passée te voir hier !

— Quelle nana ?

Une femme est venue, brune, avec des gros seins et un cul à tomber, une belle plante qui a demandé à parler à un psy. Simon a tout vu, tout entendu, puisqu'il s'est approché, pas parce qu'il est curieux, oh ! ça non, mais parce qu'il l'a trouvée vraiment canon. Elle a dit être une amie de Paul D. et être informée de sa présence à *L'Atelier* par un appel de sa sœur. Elle voulait des renseignements. C'est le Dr Lepage qui l'a reçue.

— Tu l'as pas vue ?

Il est con, ce Simon, à rigoler comme un tordu alors que Paul s'éloigne à grands pas.

Paul court et remonte le couloir, glisse sur les dalles et se rattrape, jure, c'est pas Dieu possible qu'il n'ait rien vu, rien su ; cet abruti de toubib qui s'est bien gardé de partager cette infime chance. Elle est venue. Il faut qu'il sache ce qu'elle a dit, ce qu'elle a fait ! Reviendra-t-elle ? Il court et souffle. Frappe à la porte. Ouvre sans y être invité. Entre et s'assoit.

— Je ne vous répondrai pas.
— Je n'ai rien dit.
— J'anticipe.

Sur la chaise, son dos s'affaisse, tiré vers le bas, vers ses pieds qu'il pose au sol, bien à plat, au plus près de la terre, vers l'essentiel, ancrés dans le vrai ; il se pose.

— Je ne cours plus.
— Parfait.

Après quoi courais-tu, Paul ?

Le silence les encercle, rompu par la seule course du stylo sur la feuille ; le médecin reste courbé, attentif à son écrit, absent sans l'être. Irritant. Paul se tortille sur sa chaise, racle les pieds et toussote, sans que l'autre l'observe, vidé plus qu'en colère. Se lève.

***

Le couloir est long. La chambre est vide.

A-t-on pitié de Paul ?

Peut-on imaginer que sa peine est sincère, son désir réel ?

Il tourne et vire, le cœur gros, traîne les pieds et plie l'échine. Il traverse sa chambre, s'assoit sur son lit. Se relève – *retour au point de départ, on revient quelques instants en arrière, avant la course dans le couloir, avant Simon, avant le psy, on reprend, on retourne, les mêmes problèmes, les mêmes doutes. Le cœur bat comme un forcené, emballé par sa quête. La déception. Il se vide. Toujours cette sensation de vide. Encore et toujours.* Paul se tend.

Que croire, Paul ?

Il voudrait la voir, lui parler, la toucher. Lui dire qu'il l'aime. Quémander son pardon. Effacer et recommencer.

Autrement.

Que penser, Paul ?

Paul voudrait mourir, comme hier, et certainement demain. Oublier. Se poser.

Paul voudrait partir.

Paul voudrait vivre. Reprendre. Apprendre.

Paul le croit.

La musique le soûle. La solitude aussi. Tout autant que les mots de sa sœur, la visite d'Angélique, les silences du psy, les interrogations, l'absence de réponse. Qu'ils sont cons. Tous. Eux qui ne comprennent rien, qui jugent et s'autorisent à suggérer.

Si c'était si simple, Paul !

***

Angélique est venue.

Assise sur les marches près de l'entrée du personnel du *Super U*, à l'instant de sa pause, l'appel l'a surprise. Angélique s'est figée, percutée par ce nom – laid, lâche, un nom dont elle ne voulait pas, affiché au centre de l'écran vibrant d'impatience.

Émilie.

Sa vue s'est brouillée.

Elle n'oubliait pas. Jour et nuit, dans sa vie, son sommeil, des réminiscences vives et impromptues l'envahissaient, les yeux clos ou non ; une odeur, une ombre, elle perdait pied et se souvenait, dans le silence surtout, malgré le suivi de son psy.

Elle a déménagé, changé de ville et d'environnement, quitté sa mère et pris son envol, fuyant les pensées autres que les siennes, décidée à vivre, ronde et maquillée, femme assumée, mère imparfaite. Elle a contracté un emprunt et choisi un deux-pièces ; l'étendoir à linge occupe la douche, mais l'enfant a sa chambre et elle dort dans le salon. Ils sont chez eux, elle y tient, proches de l'école, à quelques mètres de son travail. Quand elle aura les moyens, elle achètera une voiture et ils pourront partir en vacances, juste elle et lui. Elle ne veut plus de mec, c'est un prince qu'elle espère.

Dans une poche de sa veste, elle a fourré le portable, irritée par cette intrusion dans l'équilibre précaire de sa vie. C'est une clochette à sa tête – un petit tintement qui lui rappelle les questions qu'elle se pose. Sur Paul. Sur l'agression que Gérard lui a racontée. Elle s'est inquiétée, pauvre pomme, et voilà que vibrait le prénom de celle qui pourrait lui donner des nouvelles. Elle s'est injuriée à voix haute, la gourdasse, la conne de service, elle qui pleure son histoire et mollit au premier appel. Elle voudrait savoir et ne rien connaître.

Si tout était simple, rompre, effacer, repartir. Son fils, sa vie, leur petite harmonie. Point à la ligne. On oublie l'homme et les coups sans excuse et sans suite, libre d'avancer puisque l'esprit serait clair et les pensées tranchées. Mais les nuits refont l'épisode et elle s'empêtre – elle l'aimait. Elle l'aimait si fort. Et elle n'a rien su, et rien fait ; elle aurait pu, comme si la violence devenait son fait, elle un bourreau, lui une victime. N'importe quoi ! Elle patine sur l'étendue d'une culpabilité qui ne devrait pas être sienne. Elle le sait.

Elle n'a pas répondu, laissant son portable se taire dans l'ambivalence d'un regret. Elle a repris son poste et elle y pense. À chaque bip de sa caisse. À chaque client. Elle aurait dû répondre.

La journée est longue, elle voudrait rentrer.

Ce sont peut-être ses pas lourds en rentrant du travail, la fatigue, ces quelques mètres interminables jusqu'à l'appartement, la vie qu'elle trouve injuste ou l'amour qui ne rime à rien, peut-être l'envie de s'abrutir dans un verre de rhum et celle de câliner son fils, elle se dit qu'elle est sotte et qu'elle ne comprend rien, que la vie est un grand gag et l'espoir un artifice, elle sait qu'il ne faudrait pas et pourtant elle le fera – répondre à cet appel, le quatrième, une vibration dans sa poche ; même nom, même colère.

— Il se soigne.

Émilie l'a enveloppée. De la ouate. Des sentiments.

Elle s'en fout ! Elle s'en fout ! Ne veut rien entendre. Ne veut rien savoir. Qu'il crève ! Mais elle écoute.

Les mots ricochent – des foutus mots qui sonnent à sa conscience. « Il se soigne. Il a changé. Il t'aime. Il fait tout ça pour toi. Tu sais, il n'était pas celui que tu connais. Il change. Écoute. Écoute-moi. Il t'aime tant. Tu peux pas ne pas comprendre. S'il te plaît. »

Des mots qui fendent, ébrèchent, cassent. L'équilibre vacille et s'affaisse. Angélique tremble, au-dehors et en dedans, les mains moites, l'esprit secoué. Qu'avait-elle espéré ?

Elle a raccroché.

Elle est rentrée, le pas plus lourd encore, pressée d'étreindre son fils. Elle allait cuisiner, faire un gâteau et du pop-corn, l'embrasser et lui lire une histoire ; une de celles où le prince est gentil et la princesse rebelle, « comme les filles de l'école, tu vois, il faut les respecter, même quand t'es pas d'accord ». Elle reniflerait ses cheveux et se noierait dans son cou, lui dirait qu'« être aimé, c'est pas tout accepter. Ils sont forts, les hommes qui écoutent et qui pleurent, forts d'être des héros du kleenex parce que, tu vois, faire les gros bras, c'est pas être malin ». Elle regarderait sa propre histoire et verrait son prince, le sien, prince de pacotille, menteur et farceur. Ah oui, quelle farce ! Des coups et l'amour. L'amour faussé, l'amour de rien, le faux amour. Le contre-amour. Elle n'accepterait plus, « parce qu'imposer, mon fils, ce n'est pas être fort, mais faible, parce qu'entendre, c'est se soumettre au danger de la perte et à la différence, c'est croire à la force de ses émotions et convaincre par ses mots sans infliger ses certitudes ». Elle le borderait et baiserait sa peau douce, ses yeux clos et son souffle, heureuse de le savoir là, à ses côtés, son plus beau chevalier.

Mais l'appel restait présent, débordant de son amabilité feinte et de sa culpabilisation – habile Émilie ! La nuit s'est peuplée de cauchemars. Il fallait qu'elle sache.

Que devenait Paul ?

***

Angélique se tient droite dans la cour de ce lieu dont elle a cherché l'adresse. Sa jupe chargée de volants se soulève au souffle de la brise, dénudant ses genoux et ses cuisses. Son bustier marque sa poitrine. Elle a dénoué ses cheveux et lissé ses boucles. Ses yeux pétillent sous le khôl et sa bouche est carmin. Les hommes la regardent. Elle s'en fout, elle se sait belle, en chair et fardée. Assume. Qu'ils bavent, qu'ils rampent, elle les ignore. Elle espère un entretien, elle a téléphoné ce matin, avec un psy, un médecin, un bénévole, peu importe. Il faut qu'on lui parle, qu'on lui raconte le programme, les effets, les progrès. Il faut qu'elle sache, un homme change ? Vraiment ?

Elle attend, on doit venir la chercher.

Elle attend.

Elle attend.

Sa jupe se rebelle, ses cheveux frisouillent, elle s'impatiente. Voudrait repartir. Après tout, ce mec, elle s'en fout – *encore un « elle s'en fout » ; s'en foutre… être égal, n'en avoir rien à battre, s'en moquer*. Ce n'est même pas vrai, sinon elle ne serait pas venue. Elle cherche un mouchoir. Voudrait s'asseoir, se *dés-assumer*, se cacher, les regards sont pesants. Les hommes, en fait, se ressemblent. Sa jupe est trop courte, sa tunique trop échancrée, son rouge à lèvres trop pétant. Elle tire sur le tissu.

Elle ne sait plus pourquoi elle est venue.

Se convaincre. Croire encore. Espérer.

Paul était son homme.

Malgré tout. Et elle est là.

Un type vient la chercher, un peu rigide malgré son jean et ses baskets élimées, presque emprunté, ou coincé dans un rôle. Il l'invite à le suivre et ne sourit pas, pressé, semble-t-il ; elle a pourtant appelé pour ne pas s'imposer. Elle le suit à pas comptés – UN vers sa réponse, DEUX parce qu'il le faut, TROIS pour purger son esprit, QUATRE… peut-être faire demi-tour, s'enfuir et courir ? Non, QUATRE pour en avoir le cœur net, CINQ vers la liberté, SIX parce qu'elle se sait forte. SEPT elle entre.

La pièce est minuscule, loin de ce qu'elle connaît, loin des séries télé où le psy est âgé, assis, les coudes posés sur un large bureau de bois sombre, des piles de papiers à droite, des dossiers à gauche, et sur son nez de grosses lunettes. Il n'y a rien de tout cela, si ce n'est le bureau, pas vraiment sombre, petit et ordonné. Pas de lunettes, l'homme est jeune.

— Et demain… comment sera-t-il, demain ?

— …

Paul, son Paulo, qu'a-t-il déposé dans ce centre ?

Ces hommes.

Des hommes enfermés sans l'être, un peu en eux, cloîtrés dans leurs chambres où ils ressassent, volontaires ou résignés, leurs douleurs en bandoulière. Que racontent-ils ? Ils livrent à leur psy, partagent en groupe, puis espèrent. Dans les mots, dans les actes. Ils s'accrochent, coupables et victimes. La vie leur a donné les mauvais codes, la vie les a sonnés, ils ont morflé. Les coups, les bosses, c'est le quotidien ; petits, ils ont encaissé, alors *ces gonzesses, faut pas qu'elles les emmerdent*. Qu'est-ce qu'ils donnent, là, entre deux Coca et un jeu de pétanque, les yeux bas, les muscles tendus ? Ils sont virils, mais plus trop, ça ne rime à rien. Qu'est-ce qu'ils disent ?

Peut-on les raccommoder ? Leur broder les règles. De la couture fine. De la dentelle.

On les *déformate*. On les reformate.

Paul. Au milieu d'eux. Paul, l'homme sensible. L'homme violent.

A-t-il suturé ses plaies ?

Angélique transpire, les fesses collées à la chaise, la raie moite, les cuisses poisseuses. Dans son dos, la sueur dégouline et colle au tissu. Elle se passe la main dans les cheveux, les décoiffe, les recoiffe. Voilà qu'ils frisent davantage. Elle n'aura pas de réponse, n'en désire plus. Ce centre ou un autre, c'est de la poudre aux yeux, elle ne comprend rien, ne veut plus comprendre. Elle est lasse. L'homme l'irrite, condescendant et taiseux, à lui souffler « ma p'tite dame » comme à la brave grosse qu'elle est, trop fardée, trop apprêtée, certainement sotte. L'humiliation pique les yeux – une heure d'attente, cinq minutes d'entretien pour un chagrin qui lamine.

— Dites-le, dit le psy.

L'homme lui sourit, à peine enveloppant, juste délicat, la voix posée et le regard franc, plus si pédant ; d'ailleurs, elle a dû se tromper, il paraît bienveillant. Elle hésite. Se tait. Veut inspirer grand et partir, mais les mots lui échappent, d'un jet, lâchés en sourdine, timides puis vaillants. Ils déversent les larmes, les silences, ces pas qu'elle retient. La culpabilité, l'échec, l'affliction et l'espoir. Ils parlent de l'homme et de l'amour, de cette nuit où les coups l'ont brisée, de l'injustice de la force et de l'envie de crier. Ils disent qu'elle ne veut plus « ça », qu'elle n'acceptera plus, même par amour, on ne la bernera pas. Plus jamais. « Mais vous, monsieur, que savez-vous de la guérison de l'homme ? » Elle a dû merder. Et puis non ! Ce n'était pas sa faute. La faille, elle ne l'a pas vue.

Peut-on réparer ?

Angélique se mouche et essuie son rimmel. Triste. C'est aujourd'hui qu'elle change. L'histoire se termine. C'est dur. Si dur.

Comment sera demain ?

Elle décide de partir. Rajuste sa mise. S'excuse. Se lève et se presse, la porte, « au revoir monsieur », le couloir. Elle espère croiser Paul, au hasard de ses pas, une dernière fois, un regard ou un mot, juste le voir. Et puis non, elle accélère et fixe le sol, elle ne veut plus, ce serait douloureux. Elle file – grille, parking, bus. Voilà.

***

Le psy lui a dit qu'il était prêt. Prêt à partir, à vivre, à recommencer, à s'en sortir. Prêt. Qu'est-ce que cela voulait dire ? *Réhabilité, monsieur, vous êtes reconditionné, comme un iPhone défectueux*. Ça fait drôle – lui ne rit pas. Il a la trouille.

Il empile ses tee-shirts, son jean et ses livres, des piles rangées au carré qu'il défait – il ne veut plus d'ordre. Il remue ses affaires, bourre et ferme. Ses carnets sont jetés dans un sac.

L'envie de partir, c'était pas pour tout de suite, pas aujourd'hui, pas comme ça. On le vire ; il se dit qu'il dérange, qu'ils ont besoin de place pour d'autres comme lui. « Vous verrez, on respire, on se détourne et on se reprend. » La violence a quitté le navire, ses pores et ses neurones, lui, tout neuf, guéri sur des promesses, gonflé par l'évidence d'une solution, « elle est en vous, Paul, vous avez les cartes pour jouer au mieux ». Jouer. Le mot le heurte. Il ne joue pas. N'a jamais joué. Comme s'il avait choisi ! Ces psychologues n'ont rien compris et le voilà à refaire sa valise, seul et hésitant, le bide en vrac, tenant en ses mains les clés de ses pulsions, la maîtrise et tout le toutim.

Tu vas caler tes mains dans tes poches, Paul, et ne plus les sortir. Tu vas respirer grand, souffler, parfois serrer les poings, mais tu resteras fort, sachant te taire et ne plus t'agacer puisque ta vie, tu le sais, ne sera pas celle de ton père, ni celle de ta mère. On t'a recollé, un peu réparé, les fissures apparentes pour ne pas tout cacher – tu n'es pas gommé. Tu vas t'en sortir, ce jour ou demain, nouvel homme, nouvel amant, amoureux pour de vrai, sans envie de casser. Ta vie sera douce. Écoute. Accepte. On respire. Facile ! On te dit capable, alors range ta colère et ta peur, et avance !

On le dit « guéri ». Débarrassé du fléau. Assis sur le lit une dernière fois, il attend son taxi. Il n'ira pas saluer ses compères et partira en douce. Ne préviendra pas Émilie ; il faut qu'il s'apaise.

L'apaisement, c'est l'histoire de sa vie.

***

L'appartement paraît sombre, les fleurs sont fanées, les étagères et les meubles blanchis de poussière. Paul pose ses clés, son sac et son blouson. Il voudrait repartir, s'assoit sur le canapé et se relève. Il va appeler sa sœur, la prévenir, peut-être lui demander de passer. Ou non. Rester seul. Se réapproprier l'endroit. Il décide de manger, ouvre ses placards et peste de les trouver vides. Qu'est-ce qu'il croyait ? Personne ne l'attend, personne ne savait. Il est le taulard libéré du matin, soûlé d'espace et de vide, il tourne et vire, voudrait presque pleurer. Sur quoi ? Lui. Pauvre type qui ne mérite aucune larme. Il pince sa cuisse jusqu'au sang ; la douleur, encore – être vivant, il le sait déjà, il l'a toujours su. Alors, il est vivant. Il faut qu'il bouge. Il faut qu'il respire. Il voudrait boire.

Il enfile son blouson et claque la porte.

La rue l'aspire. La rue l'apaise. Les trottoirs gris peuplés de silhouettes, les pas pressés, les ombres qui s'échappent, du bruit, des klaxons, le vrombissement des moteurs. Des cris, des mots, des échanges. Paul marche et se grise, il est libre et désordonné, marche en fantaisie, sans but et sans règle. Il traverse devant les voitures, siffle et chantonne, tourne à droite, vire à gauche, dans cette ville dont il sent pour la première fois les vibrations. Il n'avait rien vu, comment est-ce possible ? Il glissait sur la routine, aveugle, le front bas et la tête formatée – le boulot, les carnets, les femmes. Des cases. Il a étouffé.

Il inspire.

La vie va reprendre.

Dans sa poche, lourd de l'audace qui le taraude, son portable pèse. Paul marche vite, espérant qu'elle s'étiole quand son cœur s'affole, battant la mesure de l'envie, chaotique et méfiante, la nausée sur les rails, le moral en berne et les mains qui tremblent.

Il faudrait l'appeler, lui parler et lui dire.

Elle est venue à *L'Atelier*, ravivant les possibles, ne l'a pas oublié, ni détruit, ni rejeté, soucieuse sans doute ; elle est venue dans sa jupe et ses hauts talons, belle, son Angélique, elle a vu son psychiatre et s'est enquise de sa santé. Il s'accroche à l'idée de la savoir touchée, sensible à l'avenir qu'elle pourrait entrevoir avec lui, parce qu'il a changé, parce qu'il l'aime, parce qu'il crève d'imaginer autre chose. Il aurait voulu la croiser, la voir et lui sourire dans les couloirs de *L'Atelier*, tendre une main sans oser davantage. Il faudra du temps. De la douceur. De la patience. Il sait. Il ne sera plus un monstre.

Mais ça fait peur, n'est-ce pas, Paul ?

Tu as la trouille de ces doigts qui démangent, la rage aux phalanges et la fièvre au cœur, comme si tout pouvait revenir, là, par surprise, sans que tu puisses terrasser la bête, impuissant et spectateur de l'échec. Tu doutes. La peur est une garce que tu connais.

Tu marches vite, laissant peser l'angoisse dans le fond de ta poche. La peur pourrit l'élan et amollit ton désir, elle qui t'a mis K.O. hier et te maintient aujourd'hui, elle qui te contient telle une camisole, les bras au corps, le tronc serré jusqu'à la gorge. Tout est étroit : ton appart, tes carnets, ton boulot. Tes rêves.

Pauvre Paul, tu n'as aimé qu'en naufragé.

Son pouce frotte l'écran du portable.

Qu'est-ce qu'il risque ?

Allez, Paul. Juste une fois. Un appel. Pour entendre sa voix. Lui dire le vide et l'absence. Le cœur qui se rafistole. La trouille. La mort du monstre. L'espoir. Pas rester con, quoi !

Le geste est hésitant, mais l'envie brûle et les doigts glissent sur la liste des contacts – elle – un numéro dans la mémoire.

***

Elle avait redouté cet instant, l'imaginant inévitable. Qu'entendrait-elle qu'elle ne sache déjà ? *L'Atelier* et ses sutures d'ego, sans recul ou certitude, le temps qui colmate, les promesses, elle ne veut rien entendre et ne décrochera pas ; laisse sonner. Elle a vu de nouveaux témoignages, des articles dans *Cosmo* et un reportage sur Arte, des voix de victimes et des mots d'enfant, comme son tout-petit – des faits et des espoirs auxquels elle voudrait croire encore. Elle laisse sonner.

Mais si… Et si…

***

Angélique s'assied en terrasse, près du trottoir où la foule passe, une petite table carrée proche de l'entrée du café. Elle pose son portable sur la table mais garde son sac à l'épaule. Elle l'attend sur une demi-fesse, prête à partir, et pense qu'elle n'aurait peut-être pas dû venir.

L'échange téléphonique n'a duré que quelques minutes sans qu'ils osent se parler, surpris de s'entendre ; pas d'excuse, pas de reproche, mais une gêne, la peur de l'impair. Les mains ont tremblé, les voix chevroté, hésitantes parce que l'histoire existe, même si l'on veut l'oublier, les bons et les mauvais souvenirs affleurant sous les silences ; on se tait, on tousse, on soupire sur les sentiments que l'on ravive, posant en querelle l'envie de poursuivre et celle d'arrêter. Angélique aurait voulu raccrocher avant de se sentir faiblir, imaginant déjà un nouveau Paul, inoffensif ; un Paul qu'elle aimerait encore. Elle s'est tue, il a bafouillé, *tu vas bien, oui, oui, et toi, on pourrait se voir, ce serait bien qu'on parle un peu*, platitude absolue, navrante et rageante quand le cœur bouillonne. Ils se sont donné rendez-vous, ont choisi le lieu, sa ville à elle, son quartier, en pleine affluence. Il comprenait.

Elle est arrivée en avance pour choisir l'emplacement. Si elle doute, elle partira. Bien sûr, elle n'est pas sotte ! Ce n'est pas comme si elle l'attendait impatiemment. Comme si elle espérait. Évidemment non. Et puis, que peut-elle vraiment espérer ?

Le changement se verra-t-il ?
Dans ses mots, sa prestance, ses gestes ?
Saura-t-elle le lire ?
Être juste ?

Elle arrange sa coiffure, les boucles prisonnières d'un chignon strict, lisse sa robe, rose poudré, courte et moulante. Des créoles ornent ses lobes, des peignes constellés de strass retiennent ses cheveux, un rouge *Darling* illumine ses lèvres. Elle est belle.

Paul arrive ; il s'installe.

Une bise. La seconde lui échappe, Angélique s'est rassise.

Il est en retard. Parce qu'il a hésité. Parce qu'il s'est dégonflé. Parce qu'il est reparti.

Elle est magnifique.

Elle ne sourit pas.

Il commande deux Perrier.

Ils se regardent.

Il inspire. Se lance.

— Je vais te demander pardon. Encore. Tenter de justifier l'inacceptable, raconter des feuilletons et broder. Je vais essayer pour t'amadouer, recommencer et oublier. Je vais être con, minable. À gerber. Je vais jouer les gros durs, sembler indifférent… et je vais tout rater… alors je la ferme. Je la boucle et je respire.

— Tu m'as fait mal.

— Si je pouvais tout effacer.

— Tu ne peux pas.

— Rafistoler. Raccommoder. Rembobiner. Je t'aime.

— Trop facile.

— Compliqué.

— J'ai changé.

— Évidemment !

Paul retire le citron de son verre et avale les bulles, le gosier sec, la langue rôtie, il n'a plus de mots, il sèche.

— Je jure, je t'aime. J'en chialerais.

— Si on…

— S'aimait encore ?

— Non !

— Je te tiendrais la main.

— Avec le poing ?

— Jamais.
— Jamais ?
— Sinon je crève.
— Évidemment !

La ville s'ébroue de sa fin de journée, les gens passent et se bousculent, l'asphalte rend son tumulte, les laissant soudain muets. Ils contemplent leurs verres vides, le citron mort, l'agonie des derniers pétillements. Leur silence. Foutu silence qui fait rougir les joues et transpirer les mains. On ne sait plus où se mettre, le corps encombrant, les yeux mobiles pour ne pas se fixer. Un ange passe, suivi d'un autre puis d'un autre. Un troupeau. L'histoire se raye de l'existence sans plus rien en commun.

Pourtant.

Pourtant, ils voudraient se parler.

Colmater. Sinon, pourquoi sont-ils venus ?

— Tu veux reboire quelque chose ?
— Non, je vais partir.

Angélique se lève.

Paul ! Paul ! Réagis ! Paul, pauvre Paulo. Ne la laisse pas ! N'abandonne pas ! T'as pas fait tout ça pour rien. Les beaux, les moches, c'est de la bêtise, l'amour c'est autre chose. Paul, Paul, n'arrête pas.

C'est la mort qui le saisit, le sentiment d'une fin – sa vie, son histoire, ce pourquoi il a un sens. C'est son cœur qui s'enraye, déchiré dans sa chair. Il s'affole. « S'il te plaît. S'il te plaît. Ne pars pas », mais elle a déjà repris son portable et enfilé sa veste en jean. Il panique et bondit de son siège qu'il renverse, attirant le regard des badauds et des clients de la table voisine, quand il voudrait se faire discret pour ne pas l'effrayer, elle, dont il aimerait saisir la main sans se résoudre à le faire. Il sait qu'il ne peut pas, qu'il ne faut pas, même s'il est un autre et que le monstre est mort. Il se tient. « S'il te plaît. S'il te plaît. Plus rien n'a de sens, *L'Atelier*, la thérapie, c'est pour toi, c'est pour nous. Ne pars pas. » Des mots dans sa tête qui tournent et supplient.

Elle l'a écouté et regardé, ce pantin pathétique, soudainement libérée du poids de son doute, certaine que le temps ne changera rien. Elle ne peut ignorer ses mains, ses poings et ses mots, l'entrave de sa force et le mal subi ; elle l'a regardé, implorant et tragédien comme il sait faire. Elle reste de marbre face à ce corps sec qu'elle aimait tant, ses cheveux épars et son air désarmant, entre l'épagneul et le gentil cocker. Elle rirait presque de le trouver si laid.

Pauvre Paul, petit, maigre, engoncé dans tes chemises à cent balles et tes jeans démodés. Pauvre Paul qui n'a rien gardé, ni la joie, ni l'amour, occupé sans doute à pleurer sa misère. Te voilà marri.

Angélique s'éloigne.

Pauuuul !!!!! Bouge !

— Se reverra-t-on ?

Elle s'arrête et le regarde encore. Il pense qu'elle hésite et se gonfle d'espoir – elle et lui, ça ne peut pas finir. Il lui fera lire ses carnets sur les femmes de sa vie, lui racontera les coups et l'humiliation, lui dira ce qu'il aurait dû lui dire depuis le début, son père, sa mère, le petit garçon qu'il était ; elle comprendra. Il attend.

Quatre mots.

Un uppercut.

— Non. C'est terminé.

Elle est partie.

Et toi, Paul, que fais-tu ?

Remerciements

Quelques mots encore,
véritables et sincères,

merci à ma chère éditrice Lisa Liautaud, sans laquelle « rien ne serait » – merci, Lisa, pour cette confiance que tu m'as accordée, pour ta patience et tes encouragements.

merci à Cécile Rivière pour sa précieuse relecture et son accompagnement professionnel et amical.

merci à mes premiers lecteurs et lectrices, lorsque les mots restaient en jachère, chargés de l'espoir d'être lus – merci pour votre soutien, Catherine Forsans-Dufau, Sophie de Baere, Sophie Bonnet et Jean-Baptiste Andréa.

merci à Maud Laissue pour tout ce qu'elle sait et le reste.

***

merci à mes merveilleuses filles, les plus formidables du monde, Candice, Juliette, Anaëlle et Fantine.

merci à ma mère, pour tout.

Et puis, merci à toi, mon homme, mon amoureux, mon roc, parce que « heureusement qu'on s'a ».

Photocomposition PCA

Achevé d'imprimer en novembre 2020
par CPI BUSSIÈRE (18200 Saint-Amand-Montrond)
pour le compte des Éditions Calmann-Lévy
21, rue du Montparnasse, 75006 Paris

N° d'éditeur : 6278272/02
N° d'imprimeur : 2054645
Dépôt légal : janvier 2021
Imprimé en France.